KB140043

中國 名山 名詩 鑑賞

중국 명산 명시 감상

심우영
편저

중국 명산 명시 감상

中國 名山 名詩 鑑賞

한국학술정보

이 책은 2019년 상명대학교 산학연구처의 연구비 지원을 받아 연구되었습니다.(2019-A000-0142)

서문

중국은 땅이 매우 넓은 나라다. 그래서 유명한 산도 많다. 오악(태산, 화산, 형산, 항산, 숭산)을 비롯하여 황산, 아미산, 여산, 무이산, 오대산, 태항산 등등. 예부터 중국의 시인・묵객들은 명산을 오르며 족적을 남겼다. 물론 그들의 족적은 시문이었다. 그래서 그들의 시문은 오늘날까지 전하고 있다.

이 책은 태산, 화산, 형산, 황산, 아미산, 무이산 등 총 여섯 개의 산에서 족적을 남긴 이백, 두보, 사령운, 육유, 주자 등 47명의 시인과 그들의 시 약 70편을 담았다. 그리고 산의 의미와 가치를 가늠할 수 있도록 고대 황제黃帝 시대부터 중세 송대까지 계속해서 행해졌던 '태산의 봉선 의식'을 제1장에 두었고, 산수 자연을 좀 더 쉽게 이해할 수 있도록 '태산 시가'를 위주로 설명한 '자연경관과 인문경관'을 제2장에다 두었다.

산은 언제나 인간들에게는 경외의 대상이었다. 고대 중국인도 마찬가지로 깊은 산속에는 괴물이 우글거리고 귀신과 유령이 난무하는 무서운 곳이었다. 중국에서 오래전에 나온 『산해경』에는 산속 괴물과 신령이 해괴한 모습으로 등장한다. 그래서 그곳에 올라가 천지신명께 제사를 지내는 의식을 거행하였다.

이후 인간의 발길이 잦아지면서 산에 대한 인식이 바뀌기 시작하였다. 산은 거대하고 그윽하며 또한 근엄하여 숭배의 대상이 되었다. 그래서 공자는 "인자요산仁者樂山"이라 하여 "어진 자는 산을 좋아한다"라고 하였다. 자연물에 대하여 의미를 부여한 것으로, 공포의 대상에서 존경의 대상으로 바뀐 것이다.

그리고 도교가 성행하면서 깊은 산에는 신선이 사는 별천지가 있다고 생각하였다. 물론 속세를 떠난 은사들의 산속 은거는 훨씬 이전부터 계속되었다. 산속의 인간세계가 신선세계로 바뀌기 시작한 것이다. 그래서 '유선시遊仙詩'가 등장하였다. 이때가 동한 말쯤이었다. 조식의 「하늘을 나는 용(飛龍篇)」이 대표적인 시이다. 그런데 유선시가 상상 속의 신선세계만을 그리고 있을 때, 산수풍경을 직접 경험하고자 산을 찾는 사람들이 많아지면서 산에 대한 인식이 다시 한번 바뀌기 시작하였다. 더 이상 경외의 대상이나 신선세계가 아니고, 산수 자체의 경관이나 경물이 지닌 '아름다움(美)'에 눈을 뜨기 시작하였다. 그것이 바로 '산수미'이며 그것을 노래한 시가 바로 '산수시'이다. 동진 말과 유송劉宋 초 양대에 걸쳐 살았던 사령운謝靈運은 작위의 강등으로 겪은 심리적 갈등과 회재불우한 자신의 처지를 극복하기 위해 무리를 지어 자주 산수를 유람하였다. 그래서 중국 시가의 한 장르로 자리매김한 '산수시'가 처음으로 탄생하였다.

이 책에서 소개한 시는 '유선시'와 '산수시'를 모두 포함하고 있다. 그리고 어떤 시는 '신선세계'와 '산수미'가 함께 들어 있어 장르가 딱히 구분되지 않는 것도 있다. 이런 부류의 시를 소개하는 목적은 우리가 산의 겉모양만 보고 만족할 것이 아니라, 옛 시인은 산에서 무엇을 관찰하고 무슨 생각을 했는지 정보를 제공하는 데 있다. 이리하여 산을 경험하는 독자 여러분이 더 크고 깊이 있는 즐거움을 만끽할 수 있도록 하는 것이다. 그래서 되도록 어려운 말은 피하여 번역하였고, 해설 또한 이해가 쉽게 되도록 가능한 한 전문용어는 쓰지 않았다.

대학에서 교편을 잡은 지도 어언 삼십사 년이 지나, 이제는 정년을 눈앞에 두고 있다. 저를 아는 모든 분께 일일이 인사를 드려야 마땅한데 불가능한 일이라, 궁리한 끝에 책으로라도 인사를 대신하는 게 최소한의 도리라는 생각이 들었다. 그래서 그동안 모아놓았던 자료들을 수정하고 편집하여 이 책을 완성하였다.

상명대학교에서 교수직을 수행하는 동안 여러모로 도움을 주신 이준방 이사장님, 동료 교수, 그리고 직원 선생님께 우선 감사의 말씀 드리고, 상명대학교 졸업생과 사랑하는 제자들에게는 “덕분에 행복했다”라는 말을 꼭 전하고 싶다. 그리고 마지막으로 하고 싶은 말이다.

“사랑하는 가족이 있기에 내가 있다”

눈 쌓인 봉서산을 바라보며

2021년 12월

심우영

차례

I

태산의 봉선 의식

중국의 역대 제왕들은 예부터 태산은 하늘의 상제와 통할 수 있는 곳이라 여겼고, "태산이 평안하면, 천하가 평안하다(泰山安, 四海皆安)"라는 속설에 충실하여 직접 찾거나 관리를 파견하여 봉선 의식을 행하였다. 이렇게 하여 제위를 공고히 하고 국가의 태평성대와 대대손손 번영을 기원하였다. 문헌의 기록을 종합한 결과, 진시황 이전에 829명, 이후에 408명이 봉선 의식을 행하였다고 한다. 그중에서도 진시황, 한 무제, 동한 광무제, 당 고종과 현종, 송 진종, 청 강희제와 건륭제 등이 행한 봉선 의식이 가장 유명하다.

진시황은 천하 통일의 대업을 이룬 이듬해(B.C.220)에 '차동궤車同軌(수레 굴대의 규격화)'를 시행하여 도로를 정비한 후, 그다음 해(B.C.219)에 수도인 함양咸陽에서 동해까지 총 6개의 비석을 세워가면서 태산을 방문하였다. 태산 어귀에 도착한 후,

남쪽 비탈길을 따라 산 정상에 올라 흙으로 제단을 쌓고 천신天神에게 제사를 지냈다. 그리고 난 후, 비석을 세우고 이사李斯 등을 시켜 자신의 공덕을 칭송하는 글을 써서 새기게 하였다.[1] 북쪽 비탈길을 따라 산에서 내려오던 중, 갑자기 바람이 불고 큰비가 내려 소나무 아래에서 잠시 몸을 피했다. 나중에 그 소나무에 '오대부五大夫'라는 작위를 하사하여 "오대부송"이 되었다. 그 아래 작은 산인 양보산梁甫山에 도착하여서는 평지를 깨끗이 치운 뒤 지신地神에게 제사를 올렸다. 이것이 바로 진시황의 봉선 의식이었다. 즉, 제천祭天 행사를 '봉封'이라 하고, 제지祭地 행사를 '선禪'이라 하여 붙여진 이름이다.

이후 오대부송은 명대 만력 연간에 뇌성과 번개를 동반한 큰비로 인하여 훼손되었다가, 청대 옹정 연간에 중수하면서 다섯 그루의 소나무를 심었는데, 지금은 두 그루밖에 남아 있지 않다. 나중에 다섯 그루로 와전된 것은 바로 이런 이유 때문이다. 오랫동안 굽이진 가지와 굳센 둥지를 유지하며 고아한 자태를 뽐내고 있어 '진송정수秦松挺秀(진나라 소나무로 대단히 빼어나다)'라는 찬사를 들으며 '태안 팔경' 중의 하나로 자리 잡았다. 그리고 오송정五松亭 옆에는 건륭제가 지은 「오대부송을 노래하다(詠五大夫松)」를 새겨 두었다.

한대 다섯 번째 왕인 무제 유철劉徹(B.C.156~B.C.87)은 원봉 원년(B.C.110) 3월에 태산에 올라가 천신께 제사를 지내고,

1) 현재 태안泰安시의 대묘岱廟(태산 신을 모신 사당)에 있다. 원래 222자로 되었다고 하나, 대부분 마모되고 10자만 남아 있다.

해안을 따라 동순하다가 4월에 다시 양보산으로 가 지신께 제사를 올렸다. 이렇게 봉선 의식을 마친 후에도 다시 곽선霍嬗[2]만 데리고 태산의 정상에 올랐으나, 자세한 등정 과정은 알려지지 않았다. 그리고는 북쪽 비탈길을 따라 내려와 태산의 동쪽에 있는 숙연산肅然山에서 다시 지신께 제사를 올렸다. 모든 행사가 끝난 후, 태산의 동북쪽 명당明堂[3]에서 여러 신하를 알현하고 조서를 내려 봉선 의식의 종료를 선포함과 동시에 대사면을 실시하였다. 그리하여 연호를 봉선 의식을 행한 원년이라 하여 '원봉元封'으로 바꾸고 태산의 봉선 의식을 기렸다. 이듬해(B.C.109) 봄에 다시 동래東萊(지금의 액현掖縣)를 순수하면서 태산을 찾았는데, 당시 지난濟南의 방사方士인 공옥대公玉帶가 황제黃帝 때의 「명당도明堂圖」라는 그림을 바치자, 무제는 지방관들을 시켜 문수汶水 옆에 그대로 재현한 명당을 짓게 하였다. 이후 모두 여덟 차례 순행하면서 태산에서 봉선 제례를 행하였다. 그는 일차 등정 때 옹瓮(독과 비슷하게 생기고 높이가 넉 자 정도인 정鼎) 한 구를 만들었는데, 거기에 4언고시 한 수를 지어 새겼다. 여기에는 북쪽 흉노족과의 대치 상황 속에서 한대의 평화와 안녕을 기원하는 제왕의 심정이 고스란히 담겨 있다.

---

2) 흉노를 물리치는 데 혁혁한 공로를 세운 표기驃騎장군 곽거병霍去病의 아들이다. 그는 아버지의 작위인 관군후冠軍侯를 세습하였고 어린 나이에 시중侍中이 되었다. 무제를 따라 태산에 다녀올 때가 10살이었는데, 얼마 지나지 않아 급사하였다.

3) 고대 제왕들이 정교政教를 선포하는 곳인데, 헌원황제가 제일 먼저 동북쪽 기슭에다 지었다고 한다.

태산에 올랐으니,
만수무강하리라.
천하가 평온하여,
신정이 미명美名을 전하리라.

登於泰山, 萬壽無疆. 四海寧謐, 神鼎傳芳.

동한의 첫 번째 왕인 광무제 유수劉秀(B.C.6~A.D.57)는 『하창회부도河昌會符圖』에 '한조漢朝의 아홉 번째는 태산에서 천명을 만나리라(赤劉之九, 會命岱宗)'라는 문구가 있는 것을 보고, 한대 고조의 9대손인 자신을 지칭하는 것이라 생각하였다. 그리하여 건무 32년(56) 정월에 뤄양을 출발하여 2월에 태산 아래에 도착하였다. 일단 거기서 제사를 드린 후, 태산 정상으로 올라가 제단을 설치하고 봉례封禮 의식을 행하였다. 제례가 끝난 뒤 옥구슬과 제례용 글귀들을 모두 땅에 묻자, 신하들이 만세를 외쳤다. 하산하면서 양보산에 이르러 선례禪禮 의식을 행하였다. 이렇게 봉선 의식이 모두 끝난 후, 광무제는 태산에 비석을 세우고, '태산에 이르러 천지 신께 제사를 올리니 산과 내가 질서를 잡았다. (至于岱宗, 柴望秩山川)'라는 글귀를 새겨 넣어라 명하여, 한실漢室의 광복을 천명하고 태평성대를 기원하였다.

당대 고종은 인덕 2년(665) 10월에 수많은 문무백관과 의장대를 대동하고, 황후인 무측천 또한 명부命婦[4]들을 거느려서

---

4) '봉작封爵을 받은 부인'을 통틀어 일컫는 말이다. 주로 관료의 모친이나 부인이 해당한다. 내명부內命婦와 외명부外命婦의 구별이 있다.

뤄양을 출발하였다. 수레가 끝이 보이지 않을 정도의 대규모 행차였다. 12월 초순에 제주齊州(지금의 지난) 영암사에 들러 예를 올리고, 하순 무렵에 태산 아래에 도착하여 주변국의 사절단까지 합류하였다. 이에 고종은 관리를 파견하여 태산에서 남쪽으로 4리 떨어진 곳에 작은 구릉 모양의 제단을 짓고, 제단 위에는 다섯 색깔의 흙으로 장식하여 "봉사단封祀壇"이라 명명하였다. 그리고 태산 정상에는 폭이 다섯 길 높이가 아홉 자가 되는 제단을 만들고 사방으로 계단을 두어 "등봉단登封壇"이라는 이름을 붙였다. 또한, 태산 어귀에 있는 사수산社首山에는 팔각형으로 된 "강선단降禪壇"이라는 제단을 만들었다. 이듬해(666) 2월에는 봉사단에서 천신께 제사를 모시고, 다음날 정상에 올라 등봉단에서 옥책玉冊[5]을 봉한 후에, 그 다음 날 강선단에서 지신께 제사를 올렸다. 봉선 의식이 모두 끝나고 군신들의 하례를 받은 후에, 각 제단에 '등봉', '강선', '조근朝覲'이라는 세 개의 비석을 세우라 명하였다. 그리고 봉사단은 "무학대舞鶴臺", 등봉단은 "만세대萬歲臺", 강선단은 "경운대景雲臺"라 칭하고, 연호를 '건봉乾封'으로 바꾸었다. 고종의 봉선 의식에서 특이한 사항은 황후인 무측천이 고종 다음 순으로 헌례를 했다는 사실인데, 이는 황후가 봉선 활동에 참여한 최초의 사례로서, 황후인 자신의 지위와 권위를 알리고, 정치권력에 대한 야심을 드러낸 것임을 짐작하게 한다.

---

5) '옥책玉策'이라고도 한다. 제왕이 봉선 의식을 행할 때 사용하는 것으로 옥상자에 넣은 서책書冊을 말한다.

당대 현종은 개원 12년(725) 10월에 뤄양을 출발하면서 문무백관과 왕족, 지방 관리, 의례 학사 그리고 주변의 각국 사절단까지 대동하였다. 그리하여 대규모 행렬로 이어져 형형색색 일대 장관을 연출하면서, 11월 초에 태산 아래에 도착하였다. 11월 10일 현종은 쓰촨성에서 엄선하여 보낸 흰 노새를 타고 태산에 올라 건봉 연간에 제정했던 의례 준칙에 따라 봉선 의식을 행하였다. 의식이 끝난 후, 제문을 쓴 문서인 옥첩玉牒을 봉하여 숨기고 제단에 불을 붙이자, 갑자기 만세 소리가 터져 나와 주위로 울려 퍼졌다. 이에 천하의 모든 사람이 더불어 경축한다는 의미에서, 대사면을 실시하였다. 그리고 태산의 신을 '천제왕天齊王'으로 책봉하여 삼공三公 중에서도 최고의 대우로 예를 취하였다. 현종은 또한 직접 「기태산명紀泰山銘」을 짓고 글씨를 써서 대관봉의 가파른 절벽에 새기게 하였다. 지금의 '당마애唐摩崖'가 바로 그것이다. 중서령 장열張說에게는 「봉사단송封祀壇頌」, 시중 원건요源乾曜에게는 「사수단송社首壇頌」, 예부상서 소정蘇頲에게는 「조근단송朝覲壇頌」을 짓도록 하여 바위에 새기고 은덕을 기리게 하였다. 하산 후에는 노새가 과로로 죽자 '백라장군白騾將軍'이라는 벼슬을 내리고 '백라총白騾冢'이라는 무덤을 만들어 주었다. 그리고는 취푸曲阜로 가서 공자께 제사를 올리고 스스로 현명한 군주라는 생각에 도취하였다.

송대에 들어서는, '단연지맹澶淵之盟'[6]으로 인한 백성들의 자

---

6) 송대 진종 경덕 원년(1004) 가을에 요나라가 송대 국경을 침범하였다. 이에 진종을 비롯한 여러 대신은 남쪽으로 대피하려고 하였으나, 재상인 구준寇準

존감 상실과 자신의 왕위 등극에 대한 부정적 시각으로 심기가 불편해진 진종에게, 당시 자정전대학사资政殿大学士인 왕약흠王钦若이 천하를 진정시키고 권세를 만방에 과시할 수 있도록 태산에서 봉선 의식을 거행해야 한다고 건의하였다. 이에 자신이 조작하여 만든 '천서天書'의 강림에 대하여 하늘에 고마움을 표해야 한다는 명목으로 태산을 등정하였다. 대중상부 원년(1008) 10월 수많은 신하와 식솔을 이끌고 수도인 변경汴京(지금의 카이펑開封)을 출발하여 태산으로 가 봉선 의식을 거행하였다. 이때 옥녀지玉女池에서 석상을 하나 발견하였는데, 그것을 옥으로 다시 만들라 명령하고는 소진사昭眞祠[7]를 지어 안치하고 제사를 모신 후, "천선옥녀벽하원군天仙玉女碧霞元君"이라는 이름을 하사하여 태산의 신인 성제聖帝[8]의 딸이라 하였다. 그리하여 태산 신을 '천제인성제天齊仁聖帝'로, 태산의 여신을 '천선옥녀벽하원군天仙玉女碧霞元君'으로 책봉하였다. 이때부터 봉선 의식이 제신祭神행사로 바뀌었고, 태산을 신격화하는 활동이 본격화되었다. 또한, 태산의 정상에 있는 당마애의 동쪽

의 강력한 건의로 단주澶州(지금의 허난성 복양濮阳)에서 필사적인 항전을 계속하였다. 이에 송대와 요나라는 12월에 평화조약을 맺어 서로 형제지국임을 천명하고, 송대는 매년 공물로 은 10만 냥, 비단 20만 필을 보내기로 합의하였다. 이후 백구하白沟河를 국경으로 정하였다. 송대 때 '단주'를 '단연군澶淵郡'이라 불러서 '단연지맹'이라 하였다.

7) 옥황정 정상에 있는 벽하사碧霞祠의 옛이름. 벽하원군을 공양하기 위해 세워진 도교 사원이다.

8) '태산치귀설泰山治鬼說'을 도교가 적극적으로 받아들여, '태산 신'을 '동악대제東嶽大帝'로 신봉하였고, 당대 이후에는 그것을 신격화하여 "왕王"으로 명명하였다. 그리하여 원대에는 '천제대생인성제天齊大生仁聖帝'라는 벼슬을 내렸다. 그래서 '성제'라는 말이 나왔다.

측면에는 「사천서술이성공덕명謝天書述二聖功德銘」을 새기고, 왕단王旦에게는 「봉사단송」, 왕흠약에게는 「사수단송」, 진요수陳堯叟에게는 「조근단송」을 짓게 하여, 산 아래 비석을 세우고 그것을 새기게 하였다. 현재 왕단의 '봉사단송비'가 대묘 안에 있다.

송대 진종을 마지막으로, 제왕이 태산에 가서 봉선 의식을 직접 거행한 사례는 없다. 그 이유는 무엇일까? 진종 때문이라는 설이 유력하다. 제왕의 공적을 하늘에 알리고 천명을 부여받는 엄숙한 제천의식을, 진종은 자신의 권위를 회복하기 위해 이용함으로써 숭고한 정신과 엄정한 가치를 폄하했다고 여기기 때문이다. 그리하여 후세의 제왕들은 그와 동렬에 서는 것을 큰 수치로 여겨, 태산에서 봉선 의식을 아예 행하지 않았다.

몽고족이 지배한 원대에는 경배지敬拜地가 '대도大都' 즉 '베이징'이기 때문에 태산에서 이루어지는 봉선 의식은 아예 시도조차 없었다.

그리고 다시 한족이 세운 명대에는, 개국 황제인 주원장이 태산에서 제사 지내는 것을 전면 금지했고 태산과 관련한 봉호封號조차도 모두 없애자, 후손들은 감히 태산에 오를 생각조차 하지 못했다. 단지 벽하원군을 더욱더 신성시하여 그녀와 관련한 많은 건축물을 지었고, 벽하사도 확장 중수하여 벽하원군을 '정신正神'으로 모시며, 매년 사람을 보내어 제사를 올렸다. 그렇다면 주원장은 왜 봉선 의식을 이렇게까지 부정하였을까? 그는 조실부모하고 생존을 위해 출가하여 공양으로 어린 시절을 보냈다. 그러던 중 원나라에 대항하는 반란군에 가담하여 연속해서 승전고를 울림으로써 마침내 개국 황제로 등극하였다. 하지만 그는 비천한 출신 성분이라는 열등의식으로 애초부터 가문보다는 능력이 중요하다고 여겼고, 오랜 전쟁으로 인한 경제적 파탄은 가문의 특권의식과 왕조의 무궁한 번영을 위해 치러지는 봉선 의식을 현실적으로 감당하기 어렵게 만들었다. 그리하여 수많은 인력과 재력을 들여 하늘로부터 황권을 인정받기보다는 스스로 자신을 믿는 편이 낫다고 생각하였다. 눈에 보이지 않는 것은 좀처럼 믿으려 하지 않았고, 대대손손의 번영도 자신의 손안에서 해결되어야 한다는 일종의 강박관념이 작용하였기 때문이다.

그리고 여진족이 세운 청대에는 정통성과 통치 논리를 앞세워 한족의 풍습과 전통을 이어간다는 기조를 유지하였기에 봉선 의식에 대해 관심이 많았다. 하지만 명대에 대부분 사라져버린 터라 예산과 인력이 과다하게 지출되는 호화로운 의례 행사를 굳이 복구할 이유는 없었다. 또한, 송 진종 이후로 폄하되어 온 봉선 의식을 이민족인 그들이 다시 시도한다면 오히려 조소의 대상이 될지도 모른다는 두려움과 열등의식이 크게 작용하였다. 오직 '원군元君' 신앙만을 인가하였는데, 강희제는 세 차례나 태산에 올라 벽하사에서 예를 올렸으며, 옹정제는 '원군'을 가족 혹은 호국 수호신으로 간주하였다. 건륭제 역시 건륭 12년(1747) 6월부터 11차례나 제사를 올렸는데, 이 중 여섯 차례는 직접 태산에 등정하여 간단히 제사만 지내고 돌아왔다. 그리고 향세香稅를 폐지하여 향을 사르고 참배하는 '진향進香' 활동을 촉진 시켰다.

II

자연경관과 인문경관

1. '태산 시가' 속의 자연경관과 인문경관

지금까지 전해지는 '태산 시가'는 천 편이 넘는다. 이 중 대부분은 유람시로 태산의 경관을 묘사하였는데, 여기서 경관이란 자연경관과 인문경관을 포함하는 개념이다.[9] 자연경관은 자연의 종합체로서, 땅의 모양, 물의 형체, 하늘의 형상, 대기, 토양 그리고 생물체 등이 독립적 혹은 유기적으로 만들어내는 각종 물상과 현상을 말하고, 인문경관이란 인류라는 문화집단이 자신들이 거주하는 지역에서 창조한 인위적인 경관, 즉 자연경관에 기대어 행한 모든 인류 활동의 각종 결과물이라고 말

9) 지금까지 논의된 경관 분류는 아주 다양한데, 자연경관, 인문경관, 모의模擬경관 등으로 나누기도 하고, 성질로 보아 모의경관 대신에 인공경관을 넣기도 하며, 공간형식으로 보아 자연경관과 인공경관 둘로만 나누기도 한다. 그리고 천연경관, 인문경관, 종합경관 등으로 편리하게 분류하기도 한다.

할 수 있다.[10] 인문경관은 다시 두 가지로 나눌 수 있는데, 하나는 기술 체계적 경관인 구상具象경관이고, 다른 하나는 가치 체계적 경관인 비구상경관이다. 전자는 인류가 자연을 가공하여 만든 객관적 사물의 실체라고 한다면, 후자는 자연을 가공하고 자아를 소조하는 과정에서 형성된 주관적 사변의 허상을 말한다. 이 장에서는 태산의 유람시 세 수를 자연경관과 인문경관으로 나누어 분석하기로 한다.

1.1 방효유方孝儒의 「여름에 태산에 올라(夏日登岱)」

높은 산에 올라 옷을 터니 생각이 많아지고,
태산 승경을 유람하니 마음이 상쾌해지네.
진한의 옛 봉선대가 푸른 하늘에 걸려 있고,
천지 간의 좋은 풍경이 물거품처럼 이어지네.
바다가 일관봉을 밝히니 밤중이 새벽 되고,
바람이 남천문을 움직이니 여름이 가을 되네.
구름 끝 먼 곳을 눈 부릅뜨고 쳐다보다 보니,
북극성은 반짝반짝 초승달은 번득번득하네.

振衣千仞思悠悠, 泰岱於今愜勝遊.
秦漢舊封懸碧落, 乾坤勝概點浮漚.
海明日觀三更曉, 風動天門九夏秋.

10) 인문경관의 개념은 19세기 말 독일의 지리학자인 F. Ratzel이 『인문지리학』(1882)에서 처음으로 제시하였다. 당시에는 그것을 '역사경관'이라고 불렀는데, 종족과 언어 그리고 종교 경관에 관한 연구 및 문화 전파의 의의를 강조하였다.

更上雲端頻極目, 紫微[11]光電閃吳鉤.

이 시는 태산의 유람과 일출을 서술하였다. 먼저, 태산 정상에 오른 당시의 기분을 서술한 뒤, 천신께 제사를 올렸던 '봉선대'라는 역사 경관이 푸른 하늘에 걸려 있다고 하여, 태산의 역사적 가치와 봉선대의 신성한 지위를 되새겼다. 그리고 정상에서 바라본 천지간의 절경이 마치 '물거품'처럼 점철되어 있다고 하여 독특한 시적 의상意象을 드러내었다. '물거품'은 변화무상한 세상이나 혹은 세상일이 덧없다는 것을 비유할 때 쓰기도 하는데, 비평가들은 이런 이유를 들어 예측할 수 없는 당시의 현실을 우회적으로 토로한 것이라고 보았다. 그리고 난 후, 태산의 정상에서 바라본 일출과 여름날 새벽에 느끼는 새벽 냉기를 '한밤중(三更)'에서 '새벽(曉)', '한여름(九夏)에서 '가을(秋)'이라는 시점의 변화를 통해 극적인 이미지를 만들어내었다. 밤이 지나면 새벽이고, 여름이 지나면 가을이라는 자연의 선순환 법칙을 유효적절하게 이용한 셈이다. 그리고 일출 광경과 동시에 새벽하늘을 묘사하였는데, 북극성은 '반짝이고(電)'

11) 고대 중국에서는 천문의 성상星象을 구별하였는데, 하늘을 모두 삼원三垣과 이십팔수二十八宿로 나누었다. 삼원에는 자미원, 태미원, 천시원 등이 있다. 자미원은 중원으로 북쪽 하늘의 중앙에 있어 중궁이라 불렀으며, 북극성이 그 중추이다. 그리고 열다섯 개의 별이 좌원, 우원이라 하여 좌우로 열을 지어 있다. 고대에는 자미원이 천제가 거주하는 곳이라 여겨, 이것을 관찰함으로써 제왕의 집안일을 알 수 있다고 생각하였다. 물론 황후, 태자, 궁녀 등의 운명을 알 수 있는 별도 여기에 있다고 여겼다. 예를 들면, 유성이 생기면 내궁에 상이 난다는 것이고, 성상이 바뀌면 내궁이 편안하지 못하다는 것이다. 자미원 안에는 별 무리(星官)가 모두 서른아홉 개가 있다.

와 초승달은 '번득인다(閃)'라고 표현한 것은, 태산이 높고 하늘이 맑다는 것을 다시 한번 강조한 것이다.

이 시에 등장하는 인문경관은 봉선대와 남천문인데, 모두 객관적 사물의 실체가 있는 구상경관이다. 봉선대는 푸른 하늘에 걸려 있는 인문경관이며, 역대 제왕들이 봉선 의식을 통해 하늘의 상제와 통할 수 있는 곳으로 인식하였다. 인간이 하늘과 통할 수 있는 유일한 통로인 셈이다. 또한, 남천문은 한여름인데도 서늘한 가을처럼 느껴진다는 고산지대의 자연현상을 알리는 경물로 등장하긴 했지만, 이곳을 지나면 또 다른 세계 즉, 천상이라는 인식이 강하게 깔렸기에 인간세계의 끝이라는 의미가 강하다. 그래서 하늘로 들어서는 문 즉, '천문'인 것이다. 이처럼 '봉선대'와 '남천문'이라는 인문경관은 태산이라는 자연경관과 조화를 이루어, 시인의 심미적 경험이 구체적 예술형태 즉, 시로 승화한 것이다.

1.2 조금曹金의 「태산에 올라(登岱)」

> 비 온 뒤라 아침은 빛나고 산 정상은 조용한데,
> 오랜만에 높은 곳에서 보니 봄이 끝나려 하네.
> 처음 어장평을 지날 때 방장산이 밝았는데,
> 점점 남천문으로 들어서니 우주가 광활하네.
> 피리와 퉁소를 동시에 불면서 옥궐을 통과하여,
> 봉선대를 두루 찾다가 구름 반석에 기대었네.
> 요대와 고찰은 저녁 되자 더욱 맑고 존엄하며,

대나무 숲을 보고 시 읊으니 흥이 그치질 않네.

雨後朝暉靜嶽壇, 百年臨眺屬春殘.
初經御帳[12)]方壺曉, 漸入天門宇宙寬.
雙引管簫通玉闕, 遍尋封禪依雲磐.
瑤臺古寺淸尊晩, 看竹吟風興未闌.

이 시 역시 태산 유람시이지만, 방효유의 시와는 달리 많은 인문경관이 등장한다. 처음 두 구는 태산 정상의 비 갠 뒤 맑은 아침 배경을 시작으로, 거기서 목격한 늦봄의 운치를 묘사하였다. 여기서 '태산의 제단(嶽壇)'은 즉, 제단이 있는 '태산의 정상'을 의미한다. 압운을 맞추기 위하여 인공물인 '단(壇)'을 사용했을 뿐이다. 즉, 자연경관의 서술에 인문경관을 잠시 빌려왔다. 그리고 자신의 등정 과정을 기술하는데, 어장평을 지날 때 날이 밝았고, 남천문에 들어서면서 확 트인 공간과 맞닥뜨렸다는 사실을 알렸다. 여기서 '방호'는 고대 전설에 등장하는 발해의 동쪽 바다에 있다고 하는 삼선산 중의 하나인 '방장산'이다. '태산'을 '방장산'이라고 표현한 것은, 태산이 '선산仙山'이라는 의미에서 동격으로 본 것이다. 그리고 '천문'은 '남천문'을 가리키는데, 남천문을 통과하면 정상이 가까워져 하늘은 가깝고 사주 공간은 막힘이 없으니, '우주'라는 유효적절한 시어를 사용

12) '어장평御帳坪'으로 태산중로 오대부송 부근에 있다. 표면이 평탄한 큰 바위이다. 송대 진종이 태산에서 봉선 의식을 치르기 위해 이곳을 지나다가, 주위 경치가 마음에 들어 이 바위 위에 장막을 치게 하여 휴식을 취했다. 그래서 "어장御帳"이라 하였다.

하여 그 느낌을 집약하였다. 서사 시구이지만 단순히 사실의 기록만은 아니라는 것을 알 수 있다. 그곳을 지나면 옥궐을 통과하는데, '옥궐'은 신선들이 거주하는 궁궐로 이곳이 선계임을 또다시 드러낸다. '방호'와 연결되는 부분이다. 역대 제왕들이 천지신명께 제사를 모시던 봉선대를 찾아 나서서는, 구름 낀 반석에 기대어 휴식도 취한다. 저녁이 되자, 요대와 고찰이 맑은 기운 속에서 더욱더 존엄하게 보이고, 고즈넉한 분위기를 자아내는 대나무 숲을 보고 시를 지으니 흥취가 좀처럼 가시질 않는다. '요대' 역시 선계의 산물이다. 결국 마지막 한 구는 서정으로 끝을 맺었다. 서경과 서사 그리고 서정으로 이루어진 이 작품은 인문경관의 역할이 굉장하다. '어장평', '남천문', '봉선대', '고찰' 등의 유적과 건축물이 구상경관 즉, 객관적 실체라고 한다면, 그가 연상한 선계의 산물 즉, '방장산', '옥궐', '요대' 등은 비구상경관 즉, 주관적 허상이다. 이 시는 인문경관을 위주로 시간의 경과에 따라 유람의 과정을 차례대로 묘사하면서 태산 유람의 흥취를 마음껏 표출하였다.

1.3 왕재진王在晉의 「태산(岱嶽)」

장인봉은 높아서 하늘에 닿았고,
부용봉은 뒤집혀 구름 위로 솟았다.
취반 옥로에는 선인장이 가득하고,
홍로 금액에는 푸른 연꽃이 피어난다.
큰 재터는 칠십 세대를 전해 왔고,

진나라 비석은 삼천 년을 서 있다.
산 정상에 오르니 벌써 정오가 되어,
나는 희화의 채찍을 채고자 하노라.

丈人之峰高接天, 芙蓉倒插凌蒼煙.
翠盤玉露滿仙掌, 洪爐金液開靑蓮.
泰畤相傳七十代, 秦碑獨立三千年.
登峰臺上日亭午, 我來欲控羲和鞭.

처음 두 구는 하늘에 닿은 장인봉과 거꾸로 꽂힌 연꽃 형상의 부용봉이 하늘 높이 솟아 있는 것을 묘사하였다. 둘 다 자연경관으로 태산의 고준함을 표현한 것이다. 푸른 접시에 이슬을 받아먹던 곳에는 선인장이 가득하고, 큰 화로에서 단액丹液을 만들어내던 곳에는 푸른 연꽃이 피어난다고 하여, 이곳이 상상 속의 선계임을 밝혔다. 그리고 '큰 재터(泰畤)'는 옛날 천자가 천신에게 제사를 모시던 '봉선대'로, 세대가 일흔 번이 바뀌도록 여전히 전해지고, 진시황 때 만들었다는 비석인 '진비秦碑'도 삼천 년을 홀로 지켜오고 있다고 하였다. 실로 역사 경관의 가치와 역할을 극대화한 시구이다. 정오가 되어서야 겨우 산 정상에 올랐는데, 시간 가는 것이 아쉬워 태양을 싣고 마차를 부리는 희화의 채찍을 빼앗아 시간을 멈추고 싶은 생각뿐이다. 이 시는 유람시이긴 하지만, 사실은 시인 자신이 처한 명대의 태평성대를 봉선대나 진시황의 비석을 통해 영원하기를 빌었고, 희화의 채찍을 빼앗아 명대의 명운이 다하는 것을 막고 싶은 염원을 담았다.

제1・2구에서는 태산의 자연경관을 자신의 시각적 심미 경험을 기반으로 과장과 비유를 통해 표현하다가, 이어서 인문경관을 통해 자신의 상상력(제3, 4구)과 역사적 사실(제5, 6구)을 근거로 태산의 존재가치를 더욱 승화시켰으며, 마지막에는(제7, 8구) 신화 고사를 이용한 자신의 감정을 드러내었다. 특히 제3~6구에 등장한 경물은 모두 인문경관으로, 선계의 경물인 '취반'과 '옥로', '홍로'와 '금액' 등은 모두 주관적 경물의 허상인 비구상경관이고, 역사적 산물인 '태치'나 '진비'는 모두 객관적 사물의 실체인 구상경관이라 할 수 있다. 이렇게 두 부류가 서로 대칭을 이루며 등장할 수 있었던 것은, 바로 태산이란 신선세계와 인간세계가 공존하는 곳이라고 여겼기 때문이다.

2. 인문경관의 시적 함의와 역할

앞에서 언급한 '태산 시가' 세 수에서 보았듯이, 인문경관의 등장은 자연경관에 대한 형사적形似的 표현에 그칠 수도 있는 유람시의 한계를 극복하는 효과를 가져다준다. 사실 태산은 자연경관보다는 인간의 상상력과 창의력에 의하여 조성되고 꾸며진 인문학적 유산 즉, 인문경관이 많은 주목을 받는다. 그중에서도 객관적 실체가 존재하는 구상경관 즉, 역사유적 경물을 대상으로 많은 시를 지었다. 이에 '태산 시가'에는 주로 어떤 구상경관이 등장하고, 또한 그것이 지닌 의미는 무엇이며 역할은 어떠한지 알아보기로 하자. 태산에는 봉선대, 비갈碑碣, 석각石刻, 사관寺觀, 사당祠堂 등과 같은 인공물이 많이 있는데, 이 중에서도 '태산 시가'에 가장 많이 등장하는 '봉선대', '청제관'과 '벽하궁', '비석 · 석각' 등을 대상으로 하기로 한다.

2.1 봉선대

봉선대는 이미 앞에서 보았듯이 '태산 시가'에 가장 자주 등장하는 구상경관이다. 먼저 송대 사도査道(955～1018)가 쓴 「태산에 올라(登岱)」를 보기로 하자.

> 영양동의 바위문이 번쩍번쩍 눈부시고,
> 봉선대의 옥책과 금간이 환하게 빛난다.
> 대중상부 때 봉선 의식이 끝난 후부터,
> 태평정 꼭대기가 더 높이 우뚝 솟았다.
>
> 石閭閃爍迎陽洞, 玉簡光華封禪臺.
> 一自祥符禋祀後, 太平頂上最崔巍.

이것은 태산의 일출 광경을 묘사한 시구이다. 해가 뜨면서 태산을 비추니 영양동의 바위문, 봉선대가 환하게 빛난다. '영양동(지금의 조양동朝陽洞)'이라는 동굴은 이름 그대로 해를 맞이하는 곳이고, '봉선대'는 유구한 역사를 지닌 가치 있는 유적지이다. 그런데 눈부신 아침 햇살을 '영양동'이라는 자연경관에서 '봉선대'라는 역사유적경관으로 그대로 가져온 것은, 988년에 진사에 급제하여 대중상부 3년(1010)에 용각대제龍閣待制를 지낸 시인의 의도된 복선이다. 그 이유는 뒤의 연에 나타나 있는데, '상부祥符'는 송대 진종의 연호 '대중상부大中祥符'를 약칭한 것으로, 송대 진종의 봉선 의식이 얼마 전에 행해졌음을 알 수 있다.[13] 먼저 영양동을 거론하고 다음에 봉선대를 의식적으로 삽입하여 일출의 찬란한 빛을 봉선 의식 때 사용하는 옥책과 금간[14]에 집중시킴으로써, 송대의 번영을 기원하고 진종의 덕치를 찬미한 것이다. 태산의 정상이자 봉선대가 있는 태평정(지금의 옥황정玉皇頂)이 가장 우뚝 솟아 보이는 이유도 바로 여기에 있다.

다시 명대의 저명한 문학가이자 후칠자後七子의 영수인 왕세정王世貞(1526～1590)의 「태산에 올라(登岱)」 제3수를 보기로 하자. 그는 가정 35년(1556)에 산둥성으로 부임하여 저술 활동을 하며 태산을 세 차례 유람하였는데, 이 시는 가정 37년(1558) 6월 초에 두 번째 등정을 마치고 지었다.

황제 시절에도 이미 높은 누대가 있어서,

---

13) 진종의 봉선 의식은 대중상부 원년(1008)에 행해졌다.

14) 황금색 바탕의 간책簡冊. 가늘고 긴 대쪽에다 글자를 써서 책으로 엮었다. 주로 도교의 선간仙簡이나 제왕의 조서詔書를 일컫는 말로 쓰인다.

오랫동안 편석을 깔아 수레 길을 열었다.
한 필 명주 같은 하늘에 오관봉이 나오고,
금빛 가루 태양 아래 봉선대가 드러났다.

軒轅皇帝有高臺, 鞭石千秋輦道開.
匹練天縈吳觀出, 金泥日射漢封回.

‘높은 누대(高臺)’ 즉, 봉선대는 황제 시대부터 이미 존재하였으며, 수레 길에 깐 ‘편석’은 진시황이 바다를 메꿀 때 신이 채찍(鞭)으로 돌(石)을 몰아주어 다리를 만들었다고 하는 고사에서 나왔다. 둘 다 유구한 역사적 가치를 설명한 것이다. 그리고 파란 명주 같은 하늘에 높이 솟은 오관봉과 더불어 금빛 찬란한 햇빛을 받은 봉선대의 모습을 그렸다. 절경(오관봉) 못지않은 볼거리로 역사유적경관(봉선대)을 내세운 것이다.

이제 왕세정과 절친한 사이이자 태산 유람을 함께 한 이반룡李攀龍(1514~1570)의 「태산편(泰山篇)」을 보기로 하자.

동방에 신령스러운 산이 있으니,
오로지 ‘대종’이라 불렀다.
태양의 정기와 바다 기운을 삼켜,
봉우리가 오나라 들녘까지 뻗쳤다.
여러 신하가 명당에 조열한 후에,
옥책과 금간에다 큰 공을 기록하였다.
옛날 이곳을 다녀간 일흔 제왕 중에,
헌원황제도 이곳에 올라 봉선하였다.

大東有神嶽, 專名爲岱宗. 日精攝海氣, 吳野控其峰.
明堂朝列後, 金策紀元功. 維昔七十家, 軒轅此登封.

태산은 동방의 신령스러운 산이며, 최고의 산이라는 의미로 '대종'이라 부른다는 사실을 먼저 소개하였다. 이어서 태양의 정기와 바다 기운을 받아, 오나라 들녘까지 뻗은 엄청난 산세를 구체적으로 거론하였다. 여기까지는 자연경관에 관한 서술이다. 그리고 난 후, 옛날 봉선대에서 벌어진 제왕의 성대한 봉선 의식을 상상하면서, 여러 신하가 명당에 조열한 후, 옥책과 금간에다 당시 제왕의 혁혁한 공로를 기록하는 모습을 상기하였다. 웅장한 자연경관 못지않게 성대한 봉선 의식에서의 엄숙함과 경건함을 언급한 것이다. 그리고 봉선 의식을 행한 제왕의 수가 일흔 명이고, 헌원황제도 몸소 봉선 의식을 행하였다는 역사적 사실을 서술하면서, 봉선대가 유구한 역사를 지닌 가치 있는 유적이라는 것을 재차 강조하였다. 즉, 인문경관인 봉선대를 현재의 모습과는 상관없이 역사가 유구한 절대 신성한 유적으로 본 것이다.

이와는 반대로, 봉선대의 황폐한 모습을 보고 세월의 무상함을 노래한 시구도 있으니, 명대 이선방李先芳이 지은 「태산(代宗)」의 마지막 두 구를 보기로 하자.

사마상여의 「봉선소」15)를 베끼려 하니,

15) 사마상여가 지은 「봉선서封禪書」. 72인의 군주가 태산에서 봉선 의식을 행

한대 제단과 도관은 황폐한 지 오래다.

欲草相如封禪疏, 漢家壇觀久荒蕪.

그리고 명대 후칠자의 한 사람이며 산둥첨사山東僉事를 지낸 서중행徐中行(1517~1578)의 「태산에 올라(登岱)」에도 이와 유사한 시구를 볼 수 있다.

천고의 패업 흔적은 사라진 지 오래지만,
여전히 사마상여의 「봉선서」만 얘기할 뿐이다.

千秋覇迹終銷歇, 猶說相如封禪文.

또한, 금나라의 저명한 시인이자 역사학자인 원호문元好問(1190~1257)은 47세가 되던 해(1236) 3월에 약 30일간 태안을 여행하면서 태산에 올랐는데, 그때 지은 「태산에 올라(登嶽)」라는 시를 보기로 하자.

진시황의 위세는 모두를 떨게 했고,
한 무제 또한 뛰어난 재능을 지녔었다.
의장 행렬이 가서는 돌아오지 않고,
석단 위에는 푸른 이끼만 가득하다.
옛날과 지금이 눈 깜짝할 사이라,

하였다고 전하며, 한 왕조와 한 무제를 찬양하면서 봉선 의식을 행할 것을 권하였다.

감정이 북받쳐 마음이 슬퍼진다.

秦皇憺威靈, 武陵亦雄才.
翠華[16]行不歸, 石壇滿蒼苔.
古今一俯仰, 感極令人哀.

시인은 '푸른 이끼(蒼苔)'로 뒤덮인 돌 제단을 보면서, 옛날 이곳에서 봉선 의식을 행한 진시황과 한 무제를 떠올렸다. 하지만 진시황의 위세와 한 무제의 영웅적 재능도 잠시일 뿐, 이제는 황폐한 봉선대만 있을 뿐이다. 세월과 인생의 무상함에 돌연 슬퍼진 것이다. 봉선대를 보며 느끼는 감정도 이쯤이면 충분한 것 같다.

이상에서 언급한 내용을 종합해 보면, 봉선대의 시적 함의와 역할은 크게 두 가지로 나눌 수 있다. 하나는, 휘황찬란한 햇빛을 그곳에 집중하거나 옛날 행해진 봉선 의식을 회상하여 역사 유적으로서의 가치를 지닌다는 것이고. 다른 하나는, 옛날 성대했던 봉선 의식은 모두 사라지고 이제는 황폐한 흔적만 남아 있다는 사실을 적나라하게 묘사함으로써 세월과 인생의 무상함을 담고 있다는 것이다. 물론 이 두 가지의 함의와 역할이 서로 연관되어 있음은 두말할 것도 없다.

---

16) 취화翠華: 물총새의 깃털. 임금의 거둥 때 쓰는 의장의 한 가지로, 물총새의 깃털을 깃발에 꽂거나 수레의 덮개에 장식한다.

2.2 청제관, 벽하궁

원말·명초의 저명한 정치가이자 문학가인 송렴宋濂(1310~1381)은 「태산에 올라(登岱)」라는 시의 앞 두 연에 다음과 같이 묘사하였다.

> 멀리서 본 태산은 창공에 솟은 기둥 같은데,
> 수많은 골과 바위 사이에 길은 하나뿐이다.
> 수많은 별이 청제관에 나란히 다가섰고,
> 신령스러운 빛이 길게 벽하궁을 둘러쌌다
>
> 迢嶢泰嶽柱蒼穹, 萬壑千巖一徑通.
> 象緯平臨靑帝觀, 靈光長繞碧霞宮.

제1구는 낮에 멀리서 본 태산의 광경이며, 제2구는 정상을 향해 가는 하나뿐인 등산로를 묘사한 것이다. 그리고 제3·4구는 정상에 도착한 후 경험한 한밤중의 청제관과 벽하궁의 모습을 밤하늘과 연결 지어 형상화한 것이다. 시간의 경과(낮→밤)에 따른 자연경관과 인문경관의 시각적 경험을 통해 태산의 웅장함과 신비감을 형상화하였다. 여기서 '청제관'과 '벽하궁'은 모두 도교의 궁관宮觀이다. '청제'란 고대 신화 중의 복희씨를 일컫는 것으로 동방을 담당하는 신이다. 도교에서 신봉하는 신으로 청제관에서 제사를 모셨다. 하늘의 별과 나란히 다가설 정도로 높은 곳에 있다는 것을 내세워 신성시하였다. 그리고

‘벽하궁’은 ‘벽하사’로 태산의 여신인 벽하원군을 모신 곳이다. 하늘의 별빛이 벽하사 주위를 비추고 있는 형상을 묘사한 것인데, ‘신령스럽고 성스러운 빛(靈光)’이 빙 둘러쌌다고 표현하여 이곳 역시 신성시하였음을 알 수 있다. 이 두 인문경관의 등장은 바로 태산의 정상이 동방의 신인 청제와 태산의 여신인 벽하원군을 모시는 신성한 곳이라는 의미를 담고 있다. ‘벽하사’에 대한 언급은 명대 첨앙비詹仰庇(1534～1604)의 「태산에 올라(登泰山)」 제2수에도 나타난다.

> 한대 옥검[17]과 진나라 봉선은 다시 듣지 못했으나,
> 구리 기둥과 황금기와 사당에서 원군께 제사 올린다.
>
> 漢檢秦封空復聞, 銅樑金瓦祀元君.

여기서 ‘한검’과 ‘진봉’은 모두 옛날 봉선 의식을 의미하고, ‘동량’과 ‘금와’는 벽하사를 가리킨다. 진·한시기에 성대하게 치러졌던 봉선 의식은 이미 사라졌고, 현재는 화려하게 장식한 벽하사에서 벽하원군에게 제사만 올리고 있다는 사실을 기술한 것이다. 이미 앞에서 언급한 바와 같이, 명대를 세운 태조 주원장은 태산에 주어진 ‘동악대제’라는 봉호封號를 파기한 대

17) ‘검檢’이란 ‘봉함封緘’이다. 옛날 죽간이나 비단을 사용하던 때에 서함書函을 새끼로 묶고 그 매듭을 진흙으로 봉하여 남이 함부로 개봉하지 못하게 그 위에다 도장을 찍었는데, 이것을 ‘검檢’이라고 하였다. 따라서 ‘옥검’이란 ‘옥으로 만든 편지 상자’를 말한다. 즉, 앞에 등장한 ‘옥책’과 같은 의미이다. 한대의 봉선 의식 때 사용하였다.

신 태산의 여신인 벽하원군을 더욱더 신성시하였다. 그리하여 그녀와 관련하여 여러 건축물을 짓고, 벽하사도 확장 중수하여 '정신正神'으로 모시며 매년 사람을 보내어 제사를 지냈다. 이러한 역사적 배경을 나타낸 시구로, 은연중에 인간 세상의 영고성쇠를 말한 것이라 할 수 있다. 이와 유사한 시구로는 명대 저명한 시인이자 산둥성 출신인 변공邊貢(1476~1532)의 「태산(泰山)」 제1수가 있다.

> 선인동에는 옛날 단정이 남아 있고,
> 옥녀사에는 숭고한 벽하원군이 보존되었다.
>
> 仙人洞古留丹鼎, 玉女祠高護碧霞.

여기서 '선인동'은 자연경관인 동굴을 선인들이 머무는 곳으로 규정하여 이름을 붙였고, 거기에는 또한 '단정' 즉, '선단을 만드는 솥'이 남아 있다고 하여 자연경관의 인문화를 시도하였다. '옥녀사'는 태산의 여신인 벽하원군을 모시는 '벽하사'이다. 따라서 '선인동'과 '옥녀사'는 모두 신선과 관련된 역사유적경관으로, 태산이 선산이라는 점과 신성시되었다는 사실을 밝힌 것이다. 그리하여 명대 사약查約은 「가을날 저녁에 태산에 오르다(秋暮登岱)」에서는 험한 태산 등정에 나서 남천문을 지나며 보고 느낀 것을 다음과 같이 표현하였다.

깊은 골짜기와 높은 봉우리가 핍박하나,
남천문을 지나니 옛 궁전이 열려 있다.
달빛 비추니 가을 기운이 상쾌하고,
일관봉에서 바라보니 조수가 밀려왔다.

龍峪危峰逼, 天門古殿開. 月華秋氣爽, 日觀海潮回.

남천문으로 들어가면 여러 건축물로 조성된 '천가天街'가 있는데, '천상의 길거리'라고 하여 붙여진 이름이다. 그리고 그곳을 지나면 완벽한 건축물인 벽하사와 옥황전이 있다. 이 시구에서 '옛 궁전'이라 함은 바로 이 두 개의 건축물을 말한다. 태산에는 깊은 골짜기와 높은 봉우리가 즐비한데, 그곳의 정상에 인문경관이 존재함은 신선을 갈망하는 인간의 이상 경계를 창조적 지혜를 통하여 구현한 것이라고 볼 수 있다. 그리고 밤이 되니 가을 기운이 상쾌하고, 다음날 새벽에는 일관봉에서 조수가 밀려오는 일출의 광경을 목격하였다. 인문경관과 자연경관이 어우러져 태산 정상의 광경을 시간과 공간의 적절한 배치와 쉬운 어휘로 잘 표현한 시구라 할 수 있다.

이처럼 청제관과 벽하궁은 모두 인간이 만든 건축물로 도교의 신을 모신 역사유적경관이다. 태산의 훌륭한 자연경관에 버금가는 신성한 인문경관으로 인식하고, 그 의미와 역할을 부여하여 태산의 가치를 드높이는 데 일조하였다.

2.3 비석, 석각

먼저 명대 성주成周가 지은 「태산에 올라(登嶽)」를 보기로 하자.

태산이 높고 험해 산 중에 최고라 일컫나니,
천지를 곁눈질하다 허공을 한번 돌아보았다.
구름안개 삼켰다 뱉어 인간세계가 흐릿하고,
해와 달에 씻기고 문질러져 고봉이 물들었다.
진나라의 무자비는 헛되이 이름만 남았고,
당대의 마애석각은 저절로 이끼가 자랐다.
쫓겨난 나그네가 산에 올라 옛일에 마음 상하고,
야윈 몰골 이기지 못한 채 거센 바람 맞이한다.

崔嵬泰嶽首稱宗, 睥睨乾坤一顧空.
呑吐煙雲迷下界, 蕩摩日月淬高峰.
秦碑無字名空在, 唐刻磨崖蘚自封.
逐客窮攀傷往事, 不勝瘦骨受剛風.

사령운으로부터 시작된 전형적인 산수시 유형이다. 앞 여섯 구는 서경이고, 마지막 두 구는 서정이다. 그런데 서경 시구 중에서도 앞 네 구는 자연경관을, 뒤 두 구는 인문경관을 묘사하였다. 태산의 정상에서 아래로 내려다본 인간세계는 구름과 안개로 인해 흐릿하고, 위로 바라본 높은 봉우리는 변화무상한 햇빛과 달빛 속에서 담금질이 된 듯 물이 들었다. 그리고 난 뒤 그의 시점은 먼 곳에서 가까운 곳으로 옮겨왔다. '진비秦碑'와 '당각唐刻'은 인문경관으로, 진나라 시대에 만들어진 '무자비'와 당대 때 만들어진 '마애석각'을 의미한다. 이미 세월이 많이 흘러 무자비가 훼손되고 마애석각에 이끼마저 낀 것은 진나라와 당나라의 화려했던 옛 영화의 상실을 의미한다. 인간 역사의 영고성쇠는 자신의 인생역정과도 무관치 않다. 따라서 역사의 유적에 대한 상념은 바로 자신의 인생무상이다. 쫓겨나 나그네 신세가 된 시인의 처지는 이보다 훨씬 비관적이다. 태산 정상에서 맞이하는 바람은 여느 시인들이 맞는 시원한 바람이 아니라 야윈 몸을 제대로 가누지 못하는 거센 바람이다. 시의 내용으로 보아, 벼슬에서 물러난 지 얼마 되지 않은 시기에 태산에 올랐던 듯하다. 마음이 아직 다스려지지 않았고, 건강 또한 회복되지 못하였다.

그런데 명대 장일계張一桂(1540～1592)의 「태산에 올라(登泰山)」를 보면, 이끼 낀 비석을 통해 단순한 상념에 그치는 것이 아니라, 우주가 생성되기 이전의 혼돈상태로 돌아간다. 그 시를 보기로 하자.

희미한 안개가 산길에 가득한데,
종경 소리가 냉랭하게 허공에 퍼진다.
동황태일은 몸소 청양의 땅을 다스리고,
벽하원군은 높이 강절궁에 거주한다.
이끼 끼고 동강 난 비석에는 새 흔적 남았고,

몸은 원기에 의지한 채 혼돈상태로다.
『장자』를 보면 「소요편」이 남아 있는데,
어째서 허공에 올라 바람 타고 날겠는가?

縹緲煙霞滿徑中, 冷然鐘磬度遙空.
東皇自宰靑陽地, 玉女高居絳節宮.
苔翳斷碑餘鳥迹, 身依元氣有鴻濛.
逍遙剩有莊周典, 何事乘虛一御風.

시인은 먼저 희미한 안개와 냉랭한 종경 소리를 가져와 태산의 그윽하고 신비로운 분위기를 자아내고, 이어서 동방의 땅을 다스리는 동황태일과 태산의 여신인 벽하원군을 내세워 여기가 선산임을 알렸다. 그리고 이끼가 끼고 새 흔적만 남아 있는 동강 난 비석이 있는 이곳에서, 옛날을 생각하며 만물의 근원이 되는 원기에 의지한 채 천지개벽 이전의 혼돈상태에 빠져들었다, 그러면서 구속이 없는 절대의 자유로운 경지인 장자의 소요경계를 언급하며 굳이 그곳으로 향할 이유는 없다고 보았다. 왜냐하면 '원기元氣'와 '홍몽鴻濛'은 소요경계 이전의 경지이기 때문이다. 시인은 옛 비석을 보고 개벽 이전의 혼돈상태로 거슬러 올라간 것은 지나친 비약이긴 하지만, 세월과 인생의 무상 등의 상투적인 연상에서 벗어난 새로운 생각 그리고 깊은 고뇌에서 창출된 철학적 사념이라는 점에서 높이 눈여겨 볼만하다.

3. 자연경관의 인문화 시도

자연경관의 인문화 시도란 자연경관을 의도적으로 '인문경관화'하는 것이다. 다시 말해, 순수한 자연경관에다 인문적 요소를 가미하는 것을 말한다. 이런 시도는 크게 세 가지 유형으로 나타나는데 첫째, 자연경관에다 역사·지리를 엮는 경우 둘째, 자연경관에다 신화와 전설에 등장하는 인물이나 경물을 접목하는 경우 셋째, 순수한 자연경물에 인문적 명칭을 부여하는 경우 등이다.

3.1 역사·지리

이미 앞에서 언급한 두보의 「태산을 바라보며(望嶽)」의 첫 두 구를 다시 보기로 하자.

> 태산이 무릇 어떠한가?
> 제·노의 땅에 짙푸른 산빛 끝이 없도다.
>
> 岱宗夫如何, 齊魯青未了.

여기서 '제'와 '노'는 춘추시대 태산을 경계로 남북으로 갈라져 있는 큰 나라인데, 멀리서 바라본 태산의 고준하고 광활한 모습을 두 나라를 끌어와 표현한 것이다. 이 표현이 주목받는 이유는 바로 역사·지리적 인문요소를 가미하여 자연경관의 지리적 특징을 표현했다는 점이다. 이렇게 시작된 태산과 '제·노'의 연결은 후대 '태산 시가'에 많은 영향을 미쳤다. 몇 가지 사례를 보면 다음과 같다.

먼저 명대 교진喬縉(생몰년 미상)의 「태산에 올라(登泰山)」를 보기로 하자.

> 봉우리 중 으뜸인 일관봉은 삼천 장에 달하고,
> 길은 남천문까지 감아 올라 십팔반을 이루었다.
> 북두성과 견우성을 거리끼는 높은 곳까지 올라와,
> 질푸른 제·노의 땅을 갈라놓은 등성마루를 바라본다.
>
> 峰排日觀三千丈, 路繞天門十八盤.
> 高碍斗牛登處近, 靑分齊魯望中寬.

시인은 먼저 일관봉의 고준함과 십팔반의 기이함을 열거하고, 북두성과 견우성을 가로막을 정도의 높은 곳에 있는 태산의 정상에 올라, 질푸른 빛으로 끝이 없는 제나라와 노나라의 땅이 산등성마루를 경계로 나누어져 있는 모습을 내려다보았다. 여기서는 두보의 시에서 '제·노(齊魯)'를 그대로 가져와 썼을 뿐만 아니라 '푸른(靑)'까지도 가져왔다.

다음은 명대에 복고를 주장한 전칠자의 영수인 이몽양李夢陽(1473~1530)의 「정생에게 물어 태산에 오르다(問鄭生登岱)」 제2수를 보기로 하자.

고개 숙이니 제나라와 노나라는 간데없고,
동쪽 바다를 바라보니 잔 속의 물과 같다.

俯首無齊魯, 東瞻海似杯.

이 시구는 태산의 정상에서 본 일출 전의 모습을 묘사한 것이다. 일출 전 산 아래를 한번 내려다본 후, 다시 해가 떠오를 바다를 바라보았다. 두보가 썼던 '제·노(齊魯)'를 그대로 쓰면서도 끝없이 펼쳐진 푸른 땅의 모습은 없다. 두보가 푸른 땅의 자연경관을 환하게 끌어낸 데 반해, 이몽양은 일출 전 어둠 속에 보이지 않는 존재로 파묻었다. 그리고 태산에서 본 동쪽 바다는 잔 속의 물과 같다고 하여 태산의 고준함을 극대화하였다. 사실 바다를 잔 속의 물로 표현한 것은 당대 이하李賀(790~816)의 「꿈속에서 하늘을 유람하다(夢天)」에서 '한 웅덩이 바닷물은 잔 속의 물을 쏟아놓은 듯하다(一泓海水杯中瀉)'라는 시구가 나온 이후로 자주 인용되던 것이었다. 따라서 이 시는 두 가지 전고를 사용하여 웅장한 풍격과 대담한 기백을 노출하였다.

마지막으로, 두보의 시구를 거의 표절한 예를 보기로 하자. 명대 윤대尹臺(생몰년 미상)의 「동평길에서 태산을 바라보며(東平道中望嶽)」 중에 등장하는 시구이다.

태산의 빛이 천 리를 덮어,

노나라에서 제나라까지 뻗쳐 있다.

岱宗千里色, 魯甸接膠齊.

한마디로 태산의 광활함을 표현한 시구이다. 이 두 구는 글자만 조금 바뀌었을 뿐, 내용은 두보의 '태산이 무릇 어떠한가? 제・노의 땅에 짙푸른 산빛 끝이 없도다(岱宗夫如何, 齊魯青未了)'와 거의 유사하다. 이런 표절 기법을 '환골법換骨法'이라 한다. 송대 황정견黃庭堅(1045~1105)이 주장한 시작 기법의 하나로 오랫동안 유행하였다.

3.2 신화・전설

우주 만물의 탄생과 천지조화의 이면에는 언제나 신화와 전설이 존재한다. 태산은 예부터 '선산'이라고 믿었기에 더욱 그렇다. 특히 자연경관인 태산의 일출과 관련한 표현에는 신화와 전설이 많이 등장한다. 먼저 금나라 원호문元好問(1190~1257)의 「태산에 올라(登嶽)」를 보기로 하자.

닭이 울자 일관봉에 올랐는데,
사방을 둘러봐도 먹구름 하나 없다.
여섯 마리 용이 동쪽 바다에서 나오자
겹겹 푸른 구름이 움직이며 뒤집힌다.

鷄鳴登日觀, 四望無氛霾. 六龍出扶桑, 翻動靑霞堆.

전설에 의하면, '여섯 마리 용(六龍)'은 태양을 실은 수레를 끌고, '부상'은 동해에 있는 신목으로 태양이 그 아래에서 나온다고 한다. 모두 신화에서 유래한 것이다. 즉, 자연경관인 일출 광경을 인문적 산물인 신화를 통하여 그려낸 것이다. 다시 명대 이몽양이 지은 「정생에게 물어 태산에 오르다(問鄭生登岱)」 제1수의 시구를 보기로 하자.

바다 해가 파도 위 물새보다 낮게 있을 때,
바위 사이 우렛소리가 굴속의 용을 깨웠지요.

海日低波鳥, 巖雷起窟龍.

일출 직전의 상황을 신화를 통해 묘사한 것으로, 바위 사이의 우렛소리가 잠자는 여섯 마리 용을 깨워 일출이 이루어진다는 내용이다. '우렛소리(雷)'와 '동굴 속의 용(窟龍)' 모두 신화에서 가져온 인문적 요소이다. 그리고 제2수에서는 일출 광경을 묘사한 시구가 있는데, 다음과 같다.

해가 동쪽 바다를 품고 솟아오르니,
하늘은 갈석산을 가로질러 다가온다.

日抱扶桑躍, 天橫碣石來.

여기서 '동쪽 바다(扶桑)'와 '갈석산(碣石)'은 모두 신화에서 가져왔다. 특히 '품다(抱)'와 '솟다(躍)'를 술어로 사용하여 일출 광경을 역동적으로 생생하게 연출한 것은, 신화가 만들어 주는 인문화 효과이다. 또한, 일출과 동시에 광활하고 빠르게 전개되는 변화무쌍한 하늘의 광경을 전설 속의 '갈석산'을 등장시키고, 그것을 '가로지르다(橫)'라는 술어를 사용하여 집약 표현하였다. 인문화 시도는 이렇게 자연경관의 극적인 광경을 연출하는 데 대단한 효과를 발휘한다. 다시 윤대의 「동평길에서 태산을 바라보며(東平道中望嶽)」를 보기로 하자.

바다 태양은 부상 가까이 있고,
하늘 봉황은 약목 아래에 있다.
동황태일의 옷을 잡을 수 있고,
북두성의 자루를 들 수 있노라.

海日扶桑近, 天鳳若木低. 東皇衣可把, 北斗柄堪提.

이 시구는 태산의 고준함을 신화와 전설 등의 인문적 요소를 통해 묘사한 것이다. 앞 연에 '부상'과 '약목'[18]이 등장한 것은, 태산이 일출과 일몰이 이루어지는 장소와 거의 근접할 정도로 높다는 것이며, 뒤 연에서는 더 나아가 하늘에 있는 '동황태일(東皇)'과 '북두성(北斗)'이 손에 닿을 정도라고 표현하였다.

---

18) 고대 신화 속의 나무. 곤륜산의 가장 서쪽 즉, 태양이 떨어지는 곳을 말한다.

그야말로 과장이 하늘을 찌른다.

마지막으로 청대 요내姚鼐(1732~1815)의 「선달그믐날 자영과 일관봉에 올라 일출을 보고 시를 짓다(歲除日與子潁登日觀觀日出作歌)」를 보면, 일출 광경이 훨씬 구체적이다.

땅바닥에서 태양이 몇 길 솟아오르자,
산동의 천계가 마침내 노래를 부른다.
만경창파 풍이궁을 알지는 못하지만,
붉은빛을 만들어 하늘 위로 올려보낸다.

地底金輪幾及丈, 海右天鷄才一唱.
不知萬頃馮夷宮, 幷作紅光上天上.

태양을 '금륜金輪'으로 묘사하였고, 태양이 뜨자 마침내 '해우海右'[19]에 있는 도도산桃都山의 '천계'[20]가 노래를 부른다고 하였다. 그리고 바닷속 '풍이궁'[21]에서 붉은빛을 만들어 하늘로 올려보낸다고 하였다. '천계'와 '풍이궁'은 모두 전설 속의 산물이다. 시인의 상상력이 끝이 없다. 이래서 인문적 형상화

---

19) 옛날에는 동쪽을 '좌', 서쪽을 '우'라고 여겼다. 산동 지역은 바다의 서쪽에 있으므로 "해우"라고 불렀다. 그리고 태산은 산동성 중부에 있으므로 "해대海岱"라고 불렀다.

20) 중국 동남쪽 도도산에 '도도'라는 큰 복숭아나무가 있는데, 가지가 삼천 리나 된다. 그 위에 '천계'가 사는데, 해가 이 나무를 비추어 천계가 울면 천하의 닭들이 모두 따라 울었다.

21) 전설상의 수부水府. '풍이'는 원래 황하의 신을 지칭하는 것이나, 일반적으로 '수신水神'을 가리킨다.

는 시의 내용을 다양화하고 작품의 가치를 높이는 중요한 기법이자 작용이다.

이상의 일출 광경에 대한 묘사는 모두 자연경관에다 신화와 전설과 같은 인문적 요소를 삽입하였다. 이러한 시도는 자연숭배로부터 시작된 것이긴 하지만, 인류와 자연의 상호 의존적 현상을 반영한 것이기도 하다. 그리하여 예부터 태산은 선산이라는 인문적 지위를 부여받았다. '태산 시가'는 대부분 이런 인식에서 시작한다.

3.3 인문 명칭

자연 경물에 명칭을 부여하는 것은, 그 자체가 인위적이다. 거기에다 인문 정신을 의도적으로 삽입한다면, 자연 경물은 자연스럽게 '인문화'가 되는 것이다. 명대 이몽양의 「정생에게 물어 태산에 오르다(問鄭生登岱)」 제1수를 보기로 하자.

> 장인석은 있던가요?
> 오대부송은 몇 그루던가요?
>
> 有無丈人石, 幾許大夫松?

'장인석'은 '장인봉'을 가리킨다. '장인봉'은 태산의 정상인 옥황정 서북쪽에 있으며, 그 형상이 마치 '늙고 여윈 장인(蒼顔丈人)' 같다고 하여 붙여진 이름이다. 그리고 '대부송'은 '오대부송'을 가리킨다. 운보교 북쪽에 있는 오송정 옆에 있는데 '진송秦松'이라고도 부른다. 『사기』에 의하면, 진시황이 봉선을 행하기 위하여 태산에 오르다 중도에 비를 만나 큰 나무 아래로 피하였는데, 어가를 호위하였다는 공을 인정하여 나중에 '오대부'라는 작위를 부여하였다고 한다. 이외에도 명대 변공의 「태산(泰山)」 제1수를 보면 '선인동'이 등장한다.

> 오래된 선인동에는 단정이 남아 있고,
> 옥녀사는 벽하원군을 높이 떠받든다.
>
> 仙人洞古留丹鼎, 玉女祠高護碧霞.

여기서 '옥녀사'는 인문경관으로 인간들이 지은 의미 있는 건축물이지만, '선인동'은 인간들이 순수한 동굴에다 '선인'이라는 이름을 붙여 경관으로서의 가치를 부여한 곳이다. 그 이유는 바로 '단정'에 있다. '단정'은 선단을 만드는 솥이고, 예부터 선단을 먹으면 사람의 몸에 날개가 돋아 하늘로 올라가 신선이 된다(羽化登仙)는 믿음이 존재하였다. 따라서 자연 경물에 단정을 두고 "선인동"이라 이름 지은 것은 분명 자연 경물에 대한 인문화 시도이다.

III

중국 명산 명시 감상

1. 태산

1.1 태산 소개

태산은 자연경관이 웅장하고 수려하여 일찍이 명산 오악 중의 '동악'이라는 칭호를 받았다. 또한, 그 속에 존재하는 수많은 지리적·역사적·문화적 자산으로 인하여 '오악독존五嶽獨尊'이요 '천하제일산天下第一山'이라는 명성까지 얻었다. 산둥성 중부에 있으며, 공자의 고향인 취푸와 성도인 지난 사이에 있다. 동서로 약 200㎞, 남북으로 약 50㎞에 걸쳐 있으며 총면적이 약 426㎢에 이른다.

태산의 주봉인 옥황정玉皇頂(일명 "천주봉天柱峰")은 해발 1,545m로 매우 높다고 할 수는 없으나, 웅장한 산세로 인하여 옛날에는 "대산岱山" 혹은 "대종岱宗"으로 불리었다. 춘추시대에 이르러 '태산'으로 이름이 바뀌었다. 태산은 유네스코에 세계문화유산으로 등록이 되어 있으며, 용담폭포龍潭瀑布를 비롯한 10대 자연경관과 욱일동승旭日東升을 비롯한 8대 기관奇觀이 유명하다. 1,450여 곳의 비각과 1,100여 곳의 마애석각, 20,000여 주의 고수古樹와 명목名木, 34곳의 묘우廟宇 등의 건축군, 128곳의 고적 그리고 수많은 전설이 전해온다. 그리하여 도교에서는 "선산仙山", 불교에서는 "불국佛國"이라 하여 신성시하였다.

태산에서는 하늘과 땅의 신에게 제사를 올리는 봉선 의식이 행해졌는데, 공자가 태산을 방문하기 전에 이미 72인의 왕이 그것을 행하였다는 기록이 있다. 이후에도 그것이 태평성대를 가져다주는 것으로 인식하여 진시황, 한 무제, 동한의 광무제, 당의 고종과 현종, 송의 진종 등이 태산에 직접 올라 성대한 봉선 의식을 거행하였다.

그리고 많은 문인과 명사들이 태산에 올라 수많은 일화와 시문을 남겼다. 맹자는 공자가 '태산에 올라가서는 천하를 작게 여기셨다(登泰山而小天下)'고 하였으며, 이백은 당 현종이 올라갔던 어도御道를 오르며 「태산을 유람하며(遊泰山)」라는 제목으로 총 여섯 수를 지었으며, 두보는 불멸의 명시인 「태산을 바라보며(望嶽)」를 지었다. 이후에도 많은 명시가 출현하였는데, 특히 산수 유람이 성행한 명대에 많다. 태산을 소재로 한 시는 지금까지 약 일천여 수가 전한다.

1.2 태산 명시 감상

1.2.1 조식曹植

조식(192~232)은 조조의 셋째 아들로 태어나, 어려서부터 매우 영리하여 아버지의 사랑을 독차지하였다. 하지만 청장년기를 거치면서 방탕한 생활과 기이한 행동, 그리고 형인 조비曹조의 참언과 모함까지 보태어져 결국은 형에게 제위가 넘어갔다. 그리고 난 이후에는 매우 불행한 삶을 살았다. 조비가 위나라를 세우고(220) 6년간 통치한 후에 죽자, 그의 아들 조예曹叡가 왕권을 이어받았는데, 그 역시 숙부인 조식을 압박하고 견제할 수밖에 없었다. 조식은 열악한 지방의 제후로 전전하다가, 인생 말년인 태화 3년(229)이 되어서야 겨우 태산 부근의 동아왕東阿王[22]으로 책봉되었다. 그는 태산과 관련하여 「하늘을 나는 용(飛龍篇)」, 「수레를 몰고(驅車篇)」, 「신선(仙人篇)」 등의 시를 지었는데, 가장 유명한 「하늘을 나는 용(飛龍篇)」을 보기로 하자.

> 새벽에 태산을 유람하니,
> 안개구름이 자욱하다.
> 뜻밖에 두 동자를 만나니,
> 얼굴빛이 맑고도 고와라.

22) '동아東阿'는 지금의 산둥성 양곡현성陽谷縣城에서 동북쪽으로 50리 떨어진 아성진阿城鎭이다. 이곳은 토지가 비옥하고 물산이 풍부하여 조식이 거쳐 온 어느 봉지封地보다도 생활여건이 좋았다.

각자 흰 사슴을 탄 채,
손은 영지를 감싸 쥐었다.
나는 신선임을 알아채고,
무릎 꿇고 장수 비결 물었다.
서쪽 옥당으로 올라가니,
금루에는 이중 다리가 있었다.
나에게 선약을 주면서,
옥황상제가 만든 것이란다.
나에게 먹는 법을 가르쳐 주어,
정기를 되돌리고 두뇌를 보양하였다.
수명이 금석과 같아서,
영원히 늙지 않으리라.

晨遊泰山, 雲霧窈窕. 忽逢二童, 顔色鮮好.
乘彼白鹿, 手翳芝草. 我知眞人, 長跪問道.
西登玉臺, 金楼複道. 授我仙藥, 神皇所造.
教我服食, 還精補腦. 壽同金石, 永世難老.

시인은 태산에 오른 다음 날, 새벽부터 구름안개 자욱한 이곳을 이리저리 유람하기 시작하였다. 그런데 뜻밖에 흰 사슴을 타고 손에 가득 영지를 든 동자를 만났는데, 바로 신선임을 눈치채었다. 그리하여 가르침을 청하고 대답도 들었다. 또한, 선약도 얻고 복식에 관하여 배우고는, 금속이나 돌처럼 불로장생하기를 염원하였다. 유선시가 그렇듯, 시작 동기는 언제나 정신적 해탈을 추구하는 것에서 출발한다. 그런데 이러한 추구는 신선 사상의 유행에 따라 뚜렷한 동기 없이 자연스럽게 생길 수도 있고,[23] 아니면 자신의 고달픈 현실에서 탈피하고자 하는 간절한 욕망에서 나올 수도 있다. 조식은 신선의 존재에 대한 믿음이 별로 없었지만, 조비 부자의 2대에 걸친 억압과 박해가 결국 그에게 인격의 독립과 영혼의 자유를 찾아 선경仙境을 추구하게 되었다.

태산은 서왕모의 신화·전설이 생긴 발상지로 일찍부터 선산으로 유명하였고, 그 주위는 태평도太平道의 활동 무대로 도교가 대단히 유행하였다. 이 시에서 자연 경관에 대한 묘사는 첫 두 구뿐이다. 하지만 이것 또한 실제 경물이 아닌 듯하다. 신선 세계를 그리기 위한 '흥興'의 역할 즉, 신비로운 분위기를 연출하기 위하여 내세운 것으로 보인다. 여기에 등장하는 동자는 『장자』에 등장하는 '진인'이며, 이는 곧 신선이다. 그들이 거처하는 곳에는 옥당과 금루가 존재하고, 금루를 중심으로 난 두 갈래 길은 위로는 하늘로 통하는 길, 아래로는 땅으로 통하는 길을 의미한다. 그리고 선단과 복식법은 모두 불로장생을 위한 선계의 산물이다. '흰 사슴(白鹿)', '영지(芝草)', '동자童子', '진인眞人' 그리고 '옥대玉臺', '금루金樓', '선단仙丹' 등은 모두 선계 속의 인물 혹은 경물로, 신선 세계의 모습을 생생하게 묘사하기 위해 등장하였다. 동시에, 자신이 상상한 선계에

---

23) 동한 말에 이르러 도교가 성행하면서 신선술이 사회 전체로 확산하였고, 왕궁 내에서도 불로장생을 위한 연단鍊丹과 복식服食에 대한 믿음이 점점 고조되었다.

서의 사건을 흥미롭게 서술함으로써, 속세의 구속에서 벗어나 정신적 자유 경계를 추구한 자신의 욕망을 묵시적으로 분출하였다. 이 시는 태산의 대묘 한백원漢柏院 동쪽 담벼락에 새겨져 있어 더욱 유명해졌다.

1.2.2 육기陸機

육기(261～303)는 자가 사형士衡이고 오군吳郡 화정華亭(지금의 강소성 오현吳縣)에서 출생하였다. 오나라의 개국공신 가운데 한 사람인 육손陸遜의 손자이며, 총사령관을 지낸 육항陸亢의 넷째 아들이다. 동생 육운陸雲도 글재주가 뛰어나 그와 함께 "이륙二陸"이라 불렀다. 20세 때 오나라가 멸망하자 고향으로 돌아가 10년간 학문에만 전념하였다. 30세(290)가 되어서야 동생과 함께 수도인 뤄양으로 가, 당시 지식층의 중심인물이던 장화張華로부터 환대를 받고, 가밀賈謐과 함께 문학 단체에 가입하여 북방 문인들과 교유하다 태학의 수장으로 임명되었다. 그 후 진나라의 고위 관직인 평원내사平原內使, 전장군前將軍 등에 오르고 귀족이 되었으나, 후에 '팔왕의 난'에 연루되어 처형되었다. 그의 시 「태산 노래(泰山吟)」를 보기로 하자.

> 태산이 얼마나 높은지,
> 멀고 먼 하늘에 이르렀다.
> 지극히 높아 주위가 요원하고,
> 층운이 펼쳐져 더욱더 그윽하다.

양보산 또한 별관이 있고,
호리산 또한 정자가 있다.
깊은 산길에는 온갖 귀신이 늘어서고,
귀신 집에는 많은 혼령이 모인다.
태산 가에서 길게 노래하다,
강개하여 초성이 격앙되었다.

泰山一何高, 迢迢造天庭. 峻極周已遠, 層雲郁冥冥.
梁甫亦有館, 蒿里亦有亭. 幽塗延萬鬼, 神房集百靈.
長吟泰山側, 慷慨激楚聲.

시인은 뤄양으로 가다 중도에 태산을 지나며 이 시를 지었다. 먼저 아래쪽에서 바라본 태산의 지고한 형상을 표현하며, '높다(高)', '멀고 아득하다(迢迢)', '하늘(天庭)', '매우 높다(峻極)', '지평선과 나란히 층상을 이루는 낮은 구름(層雲)' 등의 어휘를 구사하였다. 그리고 난 후, 주위의 산인 양보산과 호리산을 등장시켜, 봉선 의식을 위해 이곳에 다녀간 진시황과 한 무제 등이 지은 관사와 정자를 의식적으로 부각하였다. 예로부터 행해진 봉선 의식을 떠올려, 태산의 역사적 지위와 신성한 가치를 우회적으로 묘사한 것이다. 아울러, 일찍부터 양보산에는 능묘가 많고 호리산은 장지라는 점을 인식하여, 구석진 길이나 신령을 모신 곳에는 귀신과 혼령이 가득하다고 여겼다. 즉, 태산은 천지의 신께 제사를 올리는 곳이고, 주위의 산은 귀신과 영령의 안식처로 여겨 일대가 모두 신령스러운 곳으로 표현하였다. 그런데 시인은 왜 갑자기 돌변하여 초나라 노래를 부르며 비분강개하였을까? 그는 원래 강남의 오나라 명문 귀족 출신으로, 오나라가 망한 후 10년 동안 고향에 머물며 진나라에 귀의하지 않았다. 잃어버린 조국에 대한 슬픔과 울분이 태산을 보며 터져 나왔다. 태산을 지나며 격앙된 노래를 부른 것은 바로 천지 신령에 대한 원망과 분노의 발로가 아니었을까?

1.2.3 사도온謝道韞

사도온(376년 전후 출생)은 진군陳郡 양하陽夏(지금의 허난성 태강현太康縣) 사람으로, 동진의 여류시인이다. 동진 시대 말기의 명장이었던 사안謝安의 조카딸이며, 안서장군 사혁謝奕의 딸이다. 또한, 왕희지의 며느리이자, 왕응지王凝之의 부인이다. 어려서부터 총명하고 글재주가 많아 숙부인 사안의 총애를 받았다. 동진 융안 3년(399)에 남편과 4남 1녀의 자식들이 모두 손은孫恩의 반란군에 의해 피살되자, 회계군(지금의 저장성)에 머물며 줄곧 혼자 살았다. 그녀의 시 「태산에 올라(登山)」를 보기로 하자.

태산은 우뚝 높이 솟았고,
빼어나 푸른 하늘을 찌른다.
바위 동굴은 한가로우며,
적막하고 그윽하여 으뜸이다.
정교하거나 세련되지는 않았지만,

구름 속 동굴 마냥 자연스럽다.
태산의 기상이 무엇이기에,
마침내 나를 동요하게 했도다.
이 동굴에 장차 거주한다면,
천수를 다할 수 있으리라.

峨峨東嶽高, 秀極沖靑天. 巖中閑虛宇, 寂寞幽以元.
非工復非匠, 雲構發自然. 氣象爾何物, 遂令我屢遷.
逝將宅斯宇, 可以盡天年.

제2구의 '빼어나다(秀)'는 나중에 나온 두보의 「태산을 바라보며(望岳)」의 '천지조화로 신묘함과 빼어남이 모였고(造化鍾神秀)'의 '수秀'와 비교할만하다. 사도온은 단순히 태산의 고준한 형상을 표현한 것이라면, 두보는 천지조화를 이유로 들어 태산의 빼어남을 설명하였다. 진일보한 것임을 쉽게 알 수 있다. 스스로 자문자답하기를, 태산을 향하여 마음이 움직이는 이유는 태산의 '기상氣象' 때문이란다. 여기서 '기상'이란 태산의 웅장한 천연 경관과 변화무쌍한 자연현상을 아우르는 것이다. 이런 곳에 산다면 천수를 다할 것 같다고 여긴 것은, 가족을 모두 잃은 시인의 험난한 인생역정과도 관계가 있다. 태산의 기상이 표면적 이유라면, 내면적으로는 세속적인 인간세계를 벗어나 은사의 삶을 누리고자 하는 것이 그녀의 바람이었다. 여류시인 특유의 섬세함이나 부드러움을 찾아볼 수 없는 것이 이 시의 특징이다.

1.2.4 이백李白

당대 최고의 시인 이백(701～762)은 자가 태백太白이고 호는 청연거사青蓮居士이며, 스스로 취선옹醉仙翁이라 하였다. 두보와 더불어 중국 최고의 시인이며 “시선詩仙”으로 불린다. 그는 쓰촨성의 부유한 가정에서 태어나 자랐고, 25세 때부터는 전국 각지를 유람하였다. 당 현종을 만나 한림봉공翰林供奉에 제수되었으나, 안록산의 난을 겪으면서 영왕永王 린璘의 막료로 활동하였다. 이런 이유로, 숙종에 의해 귀양을 갔다가 곽자의郭子義의 구명으로 사면되었다. 그 후 유랑생활을 하다 안후이성에서 객사하였다. 천보 원년(742) 4월에 17년 전 현종이 올랐던 어도를 따라 직접 태산에 올랐다. 그리고 「태산을 유람하며(遊泰山)」라는 제목으로 총 여섯 수를 지었다. 시인 특유의 호방한 풍격과 독특한 예술 정신으로 태산의 웅장하면서도 신비한 형상과 상상 속의 신선 세계를 거침없이 표현하였다. 여기서 제1수를 보기로 하자.

사월이 되어 태산에 오르니,
바위 병풍 아래 천자 오른 길 있다.
육룡이 끄는 수레 수많은 골 지나,
산골짜기 따라 빙빙 돌아들었다.
말발굽이 푸른 봉우리를 빙 둘렀으나,
지금은 푸른 이끼만 가득하다.
폭포수가 절벽에서 쏟아지니,
급물살에 솔바람 소리 애처롭다.

북쪽 바라보니 이어진 봉우리 기묘하고,
기울어진 벼랑은 동쪽으로 꺾여 있다.
동굴 입구는 돌문으로 막혀 있고,
땅바닥에선 사나운 구름 이는구나.
높이 올라 삼선산을 바라보니,
신선이 머문다는 금은대가 떠오른다.
남천문에서 길게 휘파람 불자,
만 리 밖에서 맑은 바람 불어온다.
선녀 너덧 명이,
하늘에서 사뿐히 내려오더니,
웃음 머금은 채 하얀 손 내밀어,
나에게 유하주 잔을 주는구나.
큰 절을 두 번 하고 나니,
스스로 선인 될 재주 없어 부끄러웠다.
우주가 작다는 걸 문득 깨달았으니,
세상을 버린들 무슨 미련이 있을까.

四月上泰山, 石屛御道開. 六龍過萬壑, 澗谷隨縈廻.
馬迹繞碧峰, 于今滿青苔. 飛流灑絶巘, 水急松聲哀.
北眺崿嶂奇, 傾崖向東摧. 洞門閉石扇, 地底興雲雷.
登高望蓬瀛, 想象金銀臺. 天門一長嘯, 萬里清風來.
玉女四五人, 飄摇下九垓. 含笑引素手, 遺我流霞杯.
稽首再拜之, 自愧非仙才. 曠然小宇宙, 棄世何悠哉.

제2구에 '어도御道', 제3구에 '육룡六龍 '이 등장한 것은, 시인이 직접 태산에 오르며 17년 전 현종의 태산 행차를 상상하였음을 알 수 있다. 임금의 수레가 지나간 곳을 따라 골짜기를 지나고 개울을 건너 봉우리에 오르니, 이전의 말 발자국 자리에는 이끼가 가득하다. 만감이 교차하는 순간이었다. 절벽에서 쏟아지는 폭포, 급물살로 인한 애절한 솔바람 소리, 겹겹이 이어진 기묘한 북쪽 산봉우리, 동쪽으로 꺾여 있는 벼랑, 돌로 막혀 있는 동굴, 땅바닥에서 이는 구름 등은 태산 등정 과정에서 볼 수 있는 진귀한 자연경관이다. 그리고 정상에 오른 후에는 거기가 신선 세계라고 여겼다. 그리하여 선산이라는 봉래산과 영주산을 떠올리며 신선이 사는 '금은대金銀臺'를 연상하였다. 신선 세계의 관문이라고 여긴 남천문에서 길게 휘파람을 불면서 선녀와의 만남을 상상하였고, 현실 세계로 생각을 돌려서는 속세의 먼지를 털고 이 작은 우주를 벗어나기를 염원하였다. 시인은 중국의 대표적인 낭만주의 시인으로, 그의 시는 대부분 상상력을 유감없이 발휘하여 무한한 가상적 공간을 독자들에게 제공한다. 이 시 또한 예외가 아니다. 태산의 뛰어난 경관과 신선의 경지가 잘 접목되었다. 태산에 오르면 금방이라도 신선과 선녀를 만날 수 있을 것 같은 착각을 불러일으킨다. 그리하여 몸과 마음을 모두 태산으로 향하게 한다. 이백의 시가 인구에 회자 되는 이유가 바로 여기에 있다.

1.2.5 두보杜甫

두보(712~770)는 이백과 견줄 만한 중국 최고의 시인으로,

자가 자미子美이고 호는 소릉少陵이며 후베이성 양양襄陽 사람이다. 허난성의 공현鞏縣에서 태어났으며 "시성詩聖"이라고 불린다. 진대의 두예杜預가 그의 조상이고, 초당 시인 두심언杜審言이 그의 조부이다. 과거에 급제하지 못하여 각지를 방랑하다가 이백·고적高適 등과 알게 되었다. 44세에 안록산의 난이 일어나 적군에게 포로가 되었으나, 숙종에 의해 좌습유의 관직에 올랐다. 48세에 관직을 버리고 간수성을 거쳐 쓰촨성 청두成都에 정착하여 완화계浣花溪에다 초당을 세웠다. 이것이 곧 완화초당이다. 청두의 절도사 엄무嚴武의 막료로서 공부원외랑을 지내서 "두공부杜工部"라고 불렀다. 동정호에서 59세를 일기로 병사하였다. 두보의 시 중 태산과 관련하여 절대 빼놓을 수 없는 시가 있다. 바로 「태산을 바라보며(望嶽)」이다. 이 시를 보기로 하자.

> 태산이 무릇 어떠한가?
> 제·노의 땅에 짙푸른 산빛 끝이 없도다.
> 천지조화로 신묘함과 빼어남이 모였고,
> 남과 북이 새벽과 저녁으로 나뉘었다.
> 층층 구름이 두근거리는 가슴을 쓸어내리고,
> 돌아드는 새가 크게 뜬 눈 시야로 들어온다.
> 반드시 태산의 정상을 넘으면서,
> 모든 작은 산들을 한 번에 굽어보리라.

岱宗夫如何, 齊魯青未了. 造化鍾神秀, 陰陽割昏曉.

蕩胸生層雲, 決眦入歸鳥. 會當凌絶頂, 一覽衆山小.

이 시는 한 차례 과거에 실패한 뒤 유람을 시작하던 개원 24년(736) 즉, 그의 나이 24세 때 지은 것으로, 현존하는 두보의 시 중 최초의 작품이다. 젊은 시절 활기 넘치는 왕성한 필력과 타의 추종을 불허하는 격렬한 감정이 잘 표현되어 있다. 공간상으로는 먼 곳에서 가까운 것으로 초점을 클로즈업시키면서 태산의 웅장함과 고준함 그리고 자연의 충만함을 그렸고, 시간상으로는 낮부터 저녁까지의 모습을 그려 자연의 현상을 느끼도록 하였다.

이 시에서 가장 돋보이는 것은 시인 두보의 웅혼한 기백이다. 태산은 오악 중의 으뜸이라 여겨 '대종'이라 하였고, 또한 태산의 웅장함을 자문자답의 형식을 빌려 '제・노의 땅에 짙푸른 산빛 끝이 없도다(齊魯青未了)'라고 하였다. 태산의 북쪽은 제나라이고, 남쪽은 노나라임을 고려하여 남북 어디에서나 볼 수 있을 정도로 높고 푸르다는 것이다. 그리고 태산 자체를 묘사하면서 만물을 움직이고 생성하는 천지조화와 음양의 섭리까지 동원하여, 신묘함과 빼어남이 모이고 남과 북이 새벽과 저녁으로 나뉜다고 하였다. 특히 태양의 위치에 따라 산의 앞뒷면이 음양으로 나뉘는 것은 자연현상이긴 하지만, 이것을 태산의 한쪽은 새벽인 양 밝고, 다른 한쪽은 저녁인 양 어둡다고 표현한 것은 고준함에 대한 최고의 수사 기법이라 하지 않을 수 없다. 이렇게 하고 난 뒤, 눈앞에 등장한 뭉게뭉게 피어오르는 구름과 저녁 되어 둥지로 돌아가는 새를 가슴과 눈을 통하여 받아들임으로써 물아일체의 경지에 도달하고자 하였다. 멀리서 태산을 '바라본(望)' 시인은 장차 산에 '오를(登)' 것을 다짐한다. 그리고 모든 산을 '굽어보겠다(覽)'고 하여 태산의 웅장한 자태와 기세로써 자신의 웅혼한 기백과 원대한 포부와 연결 지었다. 따라서 이 시는 『맹자·진심상』에 나오는 '태산에 올라가서는 천하를 작게 여기셨다(登泰山而小天下)'라는 말을 연역식으로 표현한 것이라 할 수 있다. 그의 첫 작품이었음에도 자연경관에 대한 수사, 자연과의 물아일체, 그리고 자연경관의 인문화 시도 등을 통해 중국 최고 시인으로서의 천부적인 재능과 감성을 유감없이 발휘했다고 볼 수 있다.

1.2.6 요규姚奎

요규(생몰년 미상)에 대한 기록은 많이 남아 있지 않다. 명대 가정 4년(1525) 동창부통판東昌府通判이던 시절 태산의 향세香稅를 관장할 때, 그곳의 숙박업자들에게 세금을 면제해 주었다는 기록이 있을 뿐이다. 따라서 그곳의 관리로 있으면서 태산을 자주 찾은 것으로 추정할 수 있다. 한겨울 눈 온 뒤의 태산을 노래할 수 있었던 것도, 이러한 사실과 관련이 있는 것으로 보인다. 그의 시 「태산에 눈 내린 후(泰山雪後)」를 보기로 하자.

새벽하늘 붉은 해 높고 맑게 비추는데,
작은 가마 타고 눈 밟으며 나아간다.

언 나뭇가지에 핀 매화는 봄 흔적 보이지만,
찬 개울은 구슬처럼 얼어붙어 물소리 전혀 없다.
산꼭대기 구름 사라져 많은 봉우리 드러나고,
빈 절벽에 바람 일자 온갖 자연의 소리 생긴다.
늙은 승려 깊은 산속에서 내가 지나가는 걸 아는지,
여러 번 맑은 경쇠 소리 내니 소나무가 맞이한다.

曉天紅日放高晴, 小坐山輿踏雪行.
凍樹裹花春有迹, 寒溪結玉水無聲.
煙銷絶頂群峰露, 風度虛巖萬籟生.
老衲雲深知我過, 數聲淸磬出松迎.

태산 정상을 향한 여정은 새벽부터 시작되었다. 어젯밤 눈이 내렸는데, 새벽에는 그쳐 맑은 하늘이다. 붉은 태양은 이미 솟아 날이 새기 시작하였다. 가마를 타고 쌓인 눈을 밟으며 올라가는데, 서리가 얼어붙은 나뭇가지에는 매화가 살짝 고개를 내민다. 그러나 아직도 개울은 꽁꽁 얼어 물소리조차 나지 않는다. 시간이 흘러 구름 걷히자 연이은 봉우리가 모습을 드러내고, 절벽 사이로는 바람이 일어 온갖 자연의 소리가 들린다. 늦겨울 눈 온 후 태산에 펼쳐진 시간대별 풍경이다. 시각, 청각, 촉각이 모두 동원되었다. 함련(제3, 4구)의 '유有'와 '무無', 경련(제5, 6구)의 '로露'와 '생生'은 대구의 효능을 극대화하였다. 하지만, 시인이 본 자연경관 즉, 눈 온 후의 태산의 모습은 여러모로 그에게 친화적이지 못하다. 그래서 이것을 타파할 생명체가 등장한다. 산에 가장 어울리는 늙은 스님이다. 눈 내린 겨울 추위를 녹여주는 화로 같은 존재다. 그리고 '소나무(松)'는 아마 '손님을 맞이하는 소나무(迎客松)'인 듯하다.

1.2.7 이양정李養正

이양정(1559~1630)은 명위名魏현(지금의 허베이성) 사람으로, 호는 원백元白이고, 만력 연간에 진사가 되었다. 여러 관직을 거치다가 1625년에 백련교의 반란을 진압하여 형부상서로 발탁되었다. 환관 위충현魏忠賢을 반대하다 관직을 포기하고 귀향하였다. 그의 시「태산 정상에 오르기 전(前登岱)」제1수를 보기로 하자.

하늘 높이 부는 동풍이 하얀 두건에 닿고,
가마가 걸음걸음 인간 세상이 새롭구나
십팔반을 돌아 오르니 상서로운 기운에 빠져들고,
샘물은 수많은 갈래로 푸른 하늘에서 떨어진다.
원숭이는 나무에 앉아 짝을 부르는 듯하고,
괴이한 바위는 입을 벌려 사람을 삼킬 듯하다.
바위 가에는 두 도사가 가부좌하고 있고,
초가집에는 작은 티끌조차 쌓이지 않았다.

天風吹東白綸巾, 步步籃輿色界新.
登轉千盤迷紫氣, 泉飛百道下靑旻.
老猿坐樹如呼侶, 怪石張牙欲噬人.

巖畔跏趺雙道士, 茅庵不惹半星塵.

이 시는 태산에 오르는 과정에서 보고 듣고 느낀 경물과 경관을 담았다. 하얀 두건에 와 닿는 훈훈한 동풍, 올라갈수록 인간 세상이라고 여길 수 없는 자연경관, 십팔반을 따라 올라가다 보면 점점 미혹될 수밖에 없는 상서로운 기운, 푸른 하늘에서 뿌리는 듯한 폭포의 물줄기, 짝을 부르는 원숭이 소리, 사람을 삼킬 듯 입 벌린 기암괴석 등등 모두가 자연 속의 광경이다. 그리고 난 뒤 두 도사를 등장시킨 것은, 인간 역시 자연 속의 생명체로, 자연 경물의 일부라는 관점에서 형상화한 것이라고 볼 수 있다. 그들이 머무는 초가집에 먼지 티끌 하나 없다고 한 것은 청정무위清靜無爲의 공적미空寂美(공허하고 적막한 아름다움)를 극대화한 표현이라고 할 수 있다. 언제 만들어진 작품인지 기록은 없으나, 내용상으로 따뜻한 봄날 오월이 지나서일 듯싶다.

1.2.8 우신행于愼行

우신행(1545～1607)은 자가 가원可遠(혹은 무구無垢)이며, 호는 곡산谷山(혹은 곡봉谷峰)이다. 명대 후기 산둥성 동아현東阿縣(지금의 평음현平陰縣) 사람이다. 융경 2년(1568)에 진사가 되어, 예부상서와 동각대학사를 지냈다. 그의 시 「태산(泰山)」 제2수를 보기로 하자.

옥궐과 주루가 만 길 하늘 끝에 있고,
육룡의 수레 길은 높고 가파른 곳에 나 있다.
벼랑에 걸린 푸른 돌계단은 구름 속에 돌아들고,
겹겹 산중의 붉은 샘은 나무 끝에 보인다.
바다 경치는 먼동이 트니 삼관묘가 환해지고,
가을 소리 쓸쓸하여 오대부송 싸늘하다.
남천문이 지척이라 벽하원군 볼 수 있지만,
인생길과 비교해도 훨씬 더 험난하다.

玉闕朱樓萬仞端, 六龍輦道倚巑岏.
懸崖翠磴雲中轉, 疊嶂紅泉樹杪看.
海色曈曨三觀曉, 秋聲蕭瑟五松寒.
天門咫尺君應見, 比擬人間路更難.

시인의 고향은 태산과 얼마 떨어져 있지 않아, 평생 총 일곱 차례 태산을 등정하며 많은 시문을 남겼다. 시인이 37세 즉, 만력 9년(1581) 제3차 등정(6.22~6.23)을 마치고 「등태산기(登泰山記)」와 「태산(泰山)」 8수를 지었다. 당시 내각 수반인 장거정의 노여움을 싸 고향에 돌아와 있을 때였다. '가을 소리(秋聲)'란 말이 등장하는 것으로 보아 가을에 지은 작품인 듯하나, 정확하게는 음력 6월 말이었다. 전반부는 저녁 무렵 산에 오를 때의 정경이고, 후반부는 일박한 뒤 일출 때의 광경을 묘사한 것이다. '붉은 샘(紅泉)'과 '동트는 바다(曈曨)'를 통해 당시의 시점을 알 수 있다. '구슬 궁궐(玉闕)'과 '붉은 누각(朱樓)'은 선계의 산물이며, '여섯 마리 용이 끄는 수레(六龍輦)'는 신화

속의 산물로, 모두 신비감을 더해주기 위해 등장하였다. '만 길(萬仞)'과 '높고 가파른(巑岏)'은 태산의 고준함을 말해 준다. 제3・4구는 목격한 광경을 묘사한 것인데, 직관적이며 조화롭고 사실적이다. 또한, 바다에 동이 트자 '삼관三觀'이 환해진다고 하였는데, '삼관'이란 불교 용어로 사물에 기인하여 깨달을 수 있는 세 가지 진리를 말한다. 즉, '삼체三諦'이다. 여기서는 태산 기슭에 있는 '삼관묘三官廟'를 가리킨다. 쓸쓸한 가을바람 소리로 인해 오대부송이 춥게 느껴지는 것은 계절적 원인이기도 하지만, 인생사에서 시인 자신이 느끼는 한기 때문일 것이다. 남천문을 지나면 바로 벽하원군을 뵐 수 있지만, 지금까지의 등정이 장거정과의 불화로 인하여 느끼는 고통스러운 인생길보다 더 멀고 험난한 것으로 여겨, 자신의 어려운 처지와 태산 등정의 험난함을 아울러 표현하였다.

1.2.9 오절吳節

오절(1396~1481)은 자가 흥검興儉이고 호는 죽파竹坡로, 안성安成(지금의 장시성에 속함) 사람이다. 명대 선덕 5년(1430)에 2등으로 진사에 합격하여 서길사庶吉士가 되었다. 나중에 태상경太常卿의 지위에 올랐다. 40년간 관직 생활을 하였고, 86세에 세상을 떠났다. 태산의 경물을 노래한 「태산십사영(泰山十四詠)」이 대묘의 환영정環詠亭에 남아 있다. 그의 시 「마애비(摩崖碑)」를 보기로 하자.

열 길 높은 벼랑을 푸른 하늘에 깎아 세워,
앞부분에는 공덕을 뒷부분에는 문장을 새겼다.
오계에도 역시 중흥의 노래가 있긴 하나,
태산 유람 때 기록한 성당의 것만 못하도다.

十丈高崖鑱碧蒼, 前鐫功德後詞章.
浯溪亦有中興頌, 不及東遊紀盛唐.

태산에는 마애비가 모두 세 개 있다. 당 현종이 개원 13년(725)에 봉선 의식을 마친 후 「기태산명(紀泰山銘)」을 지어 소전과 예서의 중간 정도의 글자체인 팔분서八分書로 쓴 것을, 이듬해 9월 태산의 정상에 있는 대관봉에 새겼다. 이것이 가장 크고 유명하여, 이 시의 제재가 되었다.

이 시는 아주 간단한 7언절구이다. 우선 마애비가 대단히 높고 웅장한 것을 표현하기 위하여 '열 길이나 되는 높은 벼랑(十丈高涯)'이란 말을 맨 처음 등장시켰다. 그리고 제1구의 마지막에는 '푸른 하늘(碧蒼)'이 등장하였다. 중간에 이것을 연결하는 말이 바로 '산鑱'이다. '鑱'은 술어이며 사전적 의미로는 '깎다'이다. 그런데 비평가들은 '鑱'의 등장에 대하여 찬사를 보낸다. 한 글자로써 전체의 경계를 표현했다는 것이다. 시를 이해하는 안목과 분석하는 통찰력이 요구된다. 제3・4구에서는 후난성 기양현祁陽縣에 있는 '오계浯溪'의 중흥비 즉, 원결元結이 쓴 「대당중흥송(大唐中興頌)」을 가져와 비교하였는데, 이것은 오계의 비림碑林에 있는 것으로, 안진경의 글씨체로 새긴 것이다. 세로가 3m, 가로가 3.2m, 글자는 도합 332자, 글자의 지름은 15㎝로 '마암삼절磨岩三絶' 중의 하나이다. 하지만 이것도 비교가 되지 않을 정도라며 태산의 마애비를 치켜세웠다. 다시 「이사의 소전비(李斯篆碑)」를 보기로 하자.

> 천하의 시서가 이미 불에 타고 없는데,
> 단단한 돌에다 오로지 공훈만을 새겼다.
> 푸른 문의 누렁개가 어디 있는지 알았건만,
> 오히려 미천한 재주로 소전만을 공부했다.

> 海內詩書已盡焚, 只將貞石勒功勳.
> 靑門黃犬知何處, 尙有雕蟲學篆文.

이사에 대한 시인의 비판은 가혹하기까지 하다. 이사는 진나라 개국공신이자 개혁 세력으로 여러 가지 일을 했지만, '분서갱유'라는 전대미문의 불행한 역사적 사건을 주도함으로써 최대의 오점을 남겼다. 자신의 공적만 늘어놓은 비석을 보고, 시인은 다시 한번 분개한 것이다. 제3구는 『사기』 「이사전」에 나오는 내용 즉, 이사가 죽기 전에 그의 아들에게 "나는 너와 함께 누렁개를 끌고 상채의 동문을 나가 토끼 사냥을 하고 싶었으나, 이제는 도저히 그렇게 할 수가 없게 되었구나"라고 하며 서로 붙들고 울었다는 고사에서 나왔다. 그리고 그가 세운 업적이란 옛 글자인 '소전'의 창제 정도라고 철저하게 무시하였다. 진시황이 이사의 건의를 받아들여 분서갱유를 단행할 만큼

권력의 중심에 있었지만, 진시황이 죽은 후 이사는 결국 조고趙高의 모함을 받아 오형五刑[24]의 형벌을 받고 허리가 잘린 채 함양咸陽에 버려졌다. 아울러 삼족이 멸하는 불행을 겪었다. 칭송을 위한 여느 영사시詠史詩와는 달리, 이 작품은 그의 이런 일생을 조소하였다. 분서갱유를 저지른 역사적 죄인이라 생각했기 때문이다.

1.2.10 왕재진王在晉

왕재진(1567～1643)은 허난성 준현浚縣 사람이다. 만력 20년(1592)에 진사가 되어 중서사인을 시작으로 여러 벼슬을 거쳐 병부상서에 이르렀다. 만력 48년(1620) 요동 전쟁이 치열할 때, 그는 당시 산둥성 순무巡撫로서 태산을 찾아 승리를 기원하였다. 그의 시 「무자비(無字碑)」를 보기로 하자.

동해로 물이 흐르니 돌이 마르지 않고,
산신령이 보물을 좋아하여 부적을 숨겼다.
교시에 따라 경사서를 송두리째 불태워서,
진나라 비석 또한 글자 없이 만들어졌다.

東海水流石未枯, 山靈愛寶隱眞符.
從敎烈焰焚經史, 致使秦碑字也無.

24) 묵墨(이마에 글자를 새기는 것), 의劓(코를 베는 것), 비剕(다리를 자르는 것), 궁宮(거세하는 것), 대벽大辟(사형) 등 중국 고대의 다섯 가지 형벌.

이 시의 제재는 ‘무자비’이다. 높이가 6m, 넓이가 1.2m, 두께가 0.9m인 네모 기둥 모양이다. 진시황 때 세운 것으로, 현재 옥황묘 앞에 있다. 그러나 비석 위에 글자를 새긴 흔적이 없다. 진시황의 공덕을 형용할 수 없어서 그랬다는 설, 위패라는 설, 비문이 그 안에 들어 있다는 설, 그리고 옥책과 금간을 그 아래에 파묻었다는 설 등등 여러 가지가 있다. 심지어 어떤 사람은 진나라 비석은 문자가 있고, 한나라 비석은 문자가 없다는 증거를 들어 한 무제의 비석이라고 주장하는 사람도 있다.

이 시는 영사시이다. 동해로 물이 흐르는 것은 서고동저의 지리적 환경으로 인한 결과이며, 물이 흘러 돌이 마르지 않는 것은 자연의 이치이다. 또한, 태산은 선산으로 산신령이 부적을 숨겨놓은 듯하여 신비롭기 그지없다. 천지자연의 조화와 태산의 신비로움을 앞 두 구에 모두 담았다. 하지만 뒤 두 구에서는 전혀 다른 내용이 출현한다. 역사를 거슬러 올라가더니, ‘분서갱유’라는 비극적 사건을 등장시키면서 돌연 무자비와 연결지었다. 비석에 글자가 없는 것은 바로 진시황이 경서를 불태운 역사적인 죄악에 대해 단죄를 내린 것이라 여긴다.

1.2.11 반지항潘之恒

반지항(1556~1621)은 자가 경승景升이고 호는 난소생鸞嘯生(혹은 빙화생冰華生, 암사인岩寺人)이다. 명대 가정 연간에 중서사인에 올랐다. 그리고 왕도곤王道昆의 추천으로 백유사白榆社

에 들어가 탕현조, 심경 등의 극작가와 교유하였다. 고문과 시가 창작에도 힘썼고, 산수를 유람하며 그것을 기록하였다. 만년에는 황산 온천 부근에 '유기당有芑堂'을 지어 친구들을 초대하고 함께 유람하였다. 만력 연간에는 『황산지黃山志』를 재편찬하여 『황해黃海』라는 이름을 붙이고 황산을 세상에 널리 알렸다. 그의 시 「일관봉日觀峰」 제2수를 보기로 하자.

태을성과 이궁성이 진홍빛 하늘에서 사라지고,
부상에서 솟은 태양을 바다가 앉아서 맞이한다.
은하수가 없어지려 하고 태양이 솟으려 하나,
승로선인의 손바닥에는 이슬이 채 마르지 않았다.
구름이 육룡을 모는 듯하니 경도에 새벽이 오고,
바람이 만 마를 부르니 황하에는 아침이 든다.
산꼭대기에 비치는 처량한 빛 보길 청하지만,
노을빛 성곽에 이미 표지를 세운 곳만 못하리라.

太乙離宮薄絳霄, 扶桑海日坐相邀.
銀河欲滅暾將出, 金掌先承露未消.
雲駕六龍琼島曙, 風呼萬馬巨靈朝.
請看嶽頂蒼涼色, 遮莫霞城已建標.

새벽하늘에 별들('太乙'과 '離宮')이 사라지면서 붉은 태양이 바다로부터 솟고, 아직 사라지지 않은 이슬의 모습까지도 볼 수 있게 되었다. 시간이 가면서 바다 먼 곳 신선이 산다는 섬 '경도琼島'와 '황하의 신 거령巨靈'이 지배하는 황하에도 아침이 찾아들었다. 일출의 모습을 자신만의 독특한 관찰과 상상력을 통해 시간과 공간을 넘나들며 다양하고도 화려하게 묘사하였다. 그런 연후에 태산 정상의 아침 빛과 산 아래 성곽의 노을빛을 동시에 등장시켜, 일출의 처량한 빛이 성에서 느끼는 노을빛만 못함을 지적하였다. 이 시의 결정적 단어는 '처량하다(蒼凉)'가 아닌가 싶다. 빛이 처량하게 보이는 것은 시인의 감정 때문이다. 그리고 주목할 점은 의인화 수법을 통하여 자연 경물을 생동감 있게 표현하였다는 것이다. 즉, '태양을 바다가 앉아서 맞이한다(海日坐相邀)', '구름이 육룡을 모는 듯하다(雲駕六龍)', '바람이 만 마를 부르니(風呼萬馬)' 등의 표현이 좋은 예이다.

1.2.12 왕홍해王弘海

왕홍해(1541~1617)는 자가 소전紹傳이고 호는 충명忠銘으로 하이난성 안정安定 사람이다. 가정 44년(1565)에 진사에 급제하여 한림원 서길사가 되었다. 이후에 남경예부상서를 비롯한 여러 관직을 거친 후 귀향하여 인재 양성에 힘썼다. 그의 시 「도화욕桃花峪」을 보기로 하자.

날이 개니 푸른 계곡에 무지개 걸리고,
복사꽃 피는 봄이라 마치 무릉도원 같구나.
동풍에 자신을 맡겨 서왕모를 따랐지만,
어부의 안내가 없어도 길을 잃지 않았다.

流水晴懸碧澗霓，桃花春似武陵溪.
東風自擬隨王母，縱少漁郎路不迷.

이 시는 도화욕을 대상으로 한 것이기 때문에 도연명의 도화원을 연상하지 않을 수가 없다. 이곳에는 비 갠 뒤의 시내, 무지개, 복사꽃 등이 어우러져 있어 무릉도원과 진배없다. 하지만 여신 서왕모가 등장한 것은 시기적으로 보아 후대에 파생된 설화라고 볼 수 있다. 다시 말해, 도연명의 「도화원기」를 토대로 유의경劉義慶이 『유명록幽明錄』에 이런 내용을 집어넣었다는 것이다. 시인은 자연풍광이 뛰어난 이곳을 무릉도원과 선계를 합친 최고의 경계로 묘사하는 한편, 이런 곳에서의 생활을 원하는 자신의 심정을 우회적으로 표출하였다. 동한 때 유신劉晨과 유조劉肇가 천태산에 갔다가 길을 잃었는데, 배가 고파 복숭아를 먹고는 물을 찾다가 개울가에서 선녀를 만났다. 만류에 못 이겨 그곳에서 머물렀는데, 나올 즈음에는 이미 일곱 세대가 지난 뒤였다. 다시 돌아가려고 해도 어디가 어디인지 알 수가 없었다. 이것이 유의경의 『유명록』에 나오는 설화이다.

1.2.13 왕욱王旭

왕욱(1245～?)은 원나라 동평東平(지금의 산둥성에 속함) 사람이다. 정원 원년(1295)에 태안으로 이사하였다. 여러 차례 태산에 올랐고, 고향 사람들과 더불어 시주회詩酒會를 가졌다. 그는 태산과 관련하여 삼십 여수의 시를 지었다. 그의 시 「죽림사를 유람하며(遊竹林寺)」를 보기로 하자.

> 좁은 돌길에서 구름 골을 내려다보니,
> 대나무 숲에 그윽한 경계가 열렸네.
> 사찰이 오래되어 승려는 안 보이고,
> 산은 깊어 남기가 차갑게 느껴지네.
> 노닐다가 흥이 아직 끝나지 않았는데,
> 붉은 해가 훌쩍 그림자를 드리우네.
> 지팡이를 끌며 저녁 안개를 헤치고,
> 노래를 길게 부르며 앞산으로 내려가네.
>
> 石徑俯雲壑, 竹林開幽境. 寺古僧徒稀, 山深嵐氣冷.
> 待遊未終興, 紅日忽倒影. 曳杖披暝煙, 長歌下前岭.

죽림사는 태산의 서남쪽 오래봉傲來峰 아래에 있었다. 당대 때 세워져 송·금대를 거쳐 원대에 이르러 전殿, 당堂, 사舍, 주廚, 고庫 등을 모두 갖춘 사찰이 되었다. 명대 영락 연간에는 고려의 승려인 만공선사滿空禪師가 위탁을 받아 중수한 바 있다. 이후 청대에도 고목과 대나무가 우거진 고찰로 유명하였다. 그러나 가경 연간(1796～1820) 초에 김계수金棨修가 지은 『태산지泰山志』에 "모두 사라지고 없다"라고 기록되어 있다. 최근 2000년에 들어 옛터에다 약 4,700㎡에 달하는 당대 풍격의 사원을 복원하고, 전국 최대 규모의 당대 건축물을 모아 놓았다.

이 시는 태산 유람 중에 멀리서 본 죽림사의 인상과 하산 과정을 서술하였다. 죽림사를 직접 언급한 시구는 단지 두 구에 불과하다. 대나무 숲속의 그윽한 경계는 사찰의 공간적 이미지를 압축한 것이고, 오래된 사원이라 스님이 드문 것은 사원의 시간적 분위기를 집약하였다. 앞뒤로는 구름 가득한 구릉과 산속 깊은 곳의 차가운 남기를 언급하였는데, 이는 모두 죽림사의 주변 분위기를 묘사하기 위해 동원된 것이다. 이런 한적한 분위기 속에서 죽림사의 정취를 만끽하는 것도 날이 저무니 어쩔 수가 없다. 안개 낀 산속에서 지팡이를 짚고 노래 부르며 내려가는 시인의 모습은 바로 속세를 초월한 은사의 모습이다.

1.2.14 위윤정魏允貞

위윤정(1542~1606)은 만력 5년(1577)에 진사가 되어 여러 관직을 거치면서 병부우시랑에 올랐다, 절대 굴하지 않는 정신으로 문제를 해결하다 때론 폄적이 되기도 하였으나, 이후에 많은 칭송을 받았다. 산시성의 사인과 평민들은 그를 위하여 사당을 세웠다. 그의 시 「진나라 소나무(秦松)」를 보기로 하자.

빗속에 만난 소나무는 우뚝 솟아서,
동풍으로도 옛 먼지를 씻지 못하였다.
어찌 복사꽃에 뜻을 품고 멀리 갔을까?
진나라를 피하여 간 무릉인이 그립도다.

雨中松樹倚嶙峋, 不洗東風舊日塵.

何似桃花含意遠，武陵只戀避秦人.

진시황이 우중에 몸을 피했다고 하는 소나무는 "오대부송"이라는 이름으로 명성을 얻었지만, 이미 천여 년의 세월이 흘러 마르고 부러진 채 사람들을 맞이한다. 오랜 세월 동안 먼지만 가득 쌓인 채 그 영광은 온데간데없다. 시인은 진나라의 지배를 피해 무릉도원으로 도피한 자들의 파라다이스적 삶을 갈망하였다. 이 시는 영물시로 경물을 빌어 자신의 감정을 담은 작품이다. 소나무와 복사꽃을 대비시켜 산전수전 다 겪은 자기 모습과 무릉도원을 갈구하는 자신의 희망을 똑같이 나누어 표현하였다.

2. 화산

2.1 화산 소개

화산은 중국 오악 중의 '서악西嶽'에 해당한다. 중화 문명의 발상지로 '중화中華'와 '화하華夏'의 '화華'는 모두 '화산華山'에서 나왔다. 산시陝西성에 있으며, 시안西安에서 약 120㎞ 떨어져 있다. 남쪽으로는 진령秦嶺과 접해 있고, 북쪽으로는 황하와 위수渭水를 볼 수 있다. 산이 기이하고 험악하기로 유명하여 예로부터 '천하에서 제일 기이하고 험한 산(奇險天下第一山)'이라는 칭호를 가지고 있다. 동서로 15㎞, 남북으로 10㎞에 걸쳐 있으며 총면적은 148㎢에 달한다.

'화산'이라는 명칭은 『서경·우공』에 처음 등장하는데, "헌원 황제가 신선들과 만나는 곳(軒轅黃帝會群仙之所)"이라 하였다. 후인들은 이곳이 황제와 각 촌락의 추장들이 모여 동맹을 맺던 곳이라 추측하였다. "화산"이란 명칭의 유래는 두 가지 설이 있는데, 화산이 연꽃 모양이라서라는 것과 화산 정상에 연꽃이 만발해서라는 것인데, 두 가지 모두 '華'는 '연화蓮花'의 '花'에서 나온 것임을 알 수 있다.

또한 "서악"이라는 호칭은 『이아·석산』에 처음 등장하는데, 주대의 평왕이 낙읍으로 천도하면서 화산이 서쪽에 위치하게 되자 그렇게 불렀다고 한다. 그러나 진나라 때는 수도가 함양이고, 서한 때는 수도가 장안으로 모두 화산이 동쪽에 있었으므로 '서악'이라 부르지 않다가, 뤄양으로 천도한 동한 때에 이르러 다시 "서악"이라고 불렀다.

화산은 등산하기에 매우 위험해서 당대 이전의 왕들은 대부분 산 아래에 있는 서악묘西嶽廟에서 의식을 거행하였다. 『서경』이나 『사기』 등에 요임금과 순임금도 화산을 순수했다는 기록이 전하고, 화산에서 최초로 제사를 모신 자는 진시황이라 하지만, 모두 화산에 오르지는 못했다. 한 무제 역시 화산 아래에 있는 서악묘의 전신인 집령궁集靈宮을 고치도록 명령하여 이용했을 뿐 오르지는 못했다. 다만 동주 시대인 진 소왕昭王 때 처음으로 장인을 보내어 사다리를 달려고 했다는 기록이 있으나, 위진남북조 시대까지는 산의 정상과 통하는 길이 없었다.

당대에 이르러 도교가 흥성하게 되자 도사들이 화산에 은거하면서 도를 닦기 시작했는데, 정관 연간(627~649)에 두회겸杜懷謙은 운대봉 측면의 장춘석동長春石洞에 은거하면서 도를 전파하여 '장춘선생'이란 호칭을 얻었고, 예종 때에는 옥정공주가 태극 원년(712)에 출가하여 도사가 되었는데 역시 화산에서 수행하였으며, 금선공주 등도 화산의 백운봉에서 수행하였다. 그리고 수많은 신도가 도를 닦기 위해 장안을 떠나 사람들의 발길이 닿지 않는 곳을 찾게 되면서 화산은 길이 열리기 시작하였고, 아울러 목재로 건축한 도관들이 생기게 되었다. 이렇게 하여 송대에 이르기까지 화산을 오르내린 사람은 대부분 도사이거나 신도 혹은 나무꾼이었는데, 명대에 들어서는 다섯 봉우리로 통하는 길이 계속 만들어져서 화산을 유람하는 사람들이 점점 더 늘어났다.

명대 홍무 연간(1368~1398)에는 화가인 왕리王履가 화산을 유람한 뒤, 간단한 유기遊記가 곁들어진 그림책을 만들었으며, 천계 3년(1623)에는 서하객徐霞客이 동관에서 진령 이남까지 11일간 유람하면서, 화산에서 머문 3박 4일간의 진풍경을 아주 정련된 언어로 「화산을 유람하며 쓴 일기(遊太華山日記)」를 남겼다. 그리고 명대의 양작, 원굉도, 왕세정, 이반룡 등도 유람을 하고 난 뒤 시문을 지었다.

청대에 들어서는 관청에서 공공사업으로 산길을 개척하고 정지 작업을 하였다. 강희 연간에는 산시陝西성의 순무인 악해鄂海가, 그리고 건륭 연간에는 필원畢沅이 도관의 묘우廟宇(신위를 모신 집)까지 명승고적의 보호라는 차원에서 보수 관리하였다.

화산은 중국의 가장 중앙에 있는 산으로 "중화산"이라고도 부른다. 그리고 이곳 근처에 사는 민족을 "중화산민족"이라고 부르는데, 손중산孫中山이 '중화민국'이라는 국호를 내세운 것도 바로 여기서 착안한 것이라고 한다. 장태염章太炎은 이 국호에 대해 정말 합당하며 최고의 선택이라고 칭송하였고, 노신 또한 장태염의 견해를 옹호하며 가히 기념비적이라 치켜세웠다.

화산은 높고 험하여 예로부터 "기세는 흰 구름 위를 날고, 그림자는 황하로 떨어진다(勢飛白雲外, 影倒黃河里)"라고 하였다. 주요 봉우리로는 남봉인 낙안봉(2154.9m), 동봉인 조양봉(2096.2m), 서봉인 연화봉(2082.6m) 등이 솥의 발처럼 균형을 맞추어 솟아 있고, 그 아래에는 북봉인 운대봉(1614m)과 그 주위에는 백운봉, 모녀봉 등이 각각 특별한 자태를 지니고 있다. 그리고 중앙에는 옥녀봉(2037.8m)이 있다.

2.2 화산 명시 감상

2.2.1 반니潘尼

반니(약 250～약 311)는 자가 정숙正叔이고, 중모中牟(지금의 허난성에 속함) 사람으로, 서진' 시대 문학가이다. 조부인 반훈潘勖은 동한의 동해상東海相을 지냈고, 부친인 반만潘滿은 평원

내사를 역임하였다. 또한, 당시 최고의 문학가인 반악潘岳의 조카이다. 현존하는 '화산 시가' 중에 가장 오래된 시는 바로 그가 쓴 「서악을 유람하며(遊西嶽)」이다. 먼저 이 시를 보기로 하자.

수레 타고 서악에 놀러 가,
화산을 두루 훑어보았다네.
금루와 호박 계단,
상아 평상과 대모 깔개.
그 가운데 신선 있으니,
몇 살인지 알 수가 없네.

駕言遊西嶽. 寓目二華山. 金樓琥珀階, 象榻瑇瑁筵.
中有神秀士, 不知幾何年.

『수서』「경적지」를 보면 『반니집』 10권이 있다고 기록되어 있으나, 지금은 존재하지 않는다. 명대 장부張溥가 편찬한 『한위육조백삼가집漢魏六朝百三家集』에 『반태상집潘太常集』 1권이 실려 있다. 즉, 이 시는 명대의 자료집에서 뽑은 것이다. 일단 이 자료의 사실 여부를 떠나, 서진 시기에는 화산 등정이 어려웠던 시기이다. 따라서 이 시의 내용으로 보면, 화산의 구체적인 경물 묘사는 없고 당시 유행하던 선계와 신선만이 등장할 뿐이다. 아마도 당시 화산 유람은 그곳 언저리나 산기슭에서 화산을 바라보며 신비로운 선계를 상상한 정도의 수준이었던 것으로 추정할 수 있다. 그래서 '훑어본다(寓目)'라고 했다.

2.2.2 공덕소孔德紹

공덕소(?~621)는 공자 34대손으로 회계 사람이다. 대략 수나라 말기와 당대 초기에 걸쳐 살았으며, 처음에는 경성승景城丞 나중에는 내사시랑을 지냈다. 그의 시 「화산을 지나며(行經太華)」를 보기로 하자.

온갖 구속에 얽매여 살다가 틈내어,
신령스러운 산속 깊은 곳을 찾았다.
텅 비어 고요하니 속세와 멀고,
어둡고 아득하니 계곡이 깊다.
산속이 어두워지니 오리무중이고,
서산에 해 떨어지니 화산은 음침하다.
성긴 봉우리는 연잎처럼 솟아 있고,
높은 요새는 도림에 감추어져 있다.
어찌 꼭 동도문 밖이어야 할까?
이곳 또한 은퇴하여 있을 만한데.

紛吾世網暇, 靈嶽展幽尋. 寥廓風塵遠, 杳冥川谷深.
山昏五里霧, 日落二華陰. 疏峰起蓮葉, 危塞隱桃林.
何必東都外, 此處可抽簪.

그는 관직에 있으면서 틈만 나면 여행하기를 좋아했다. 그리하여 화산을 찾게 되었는데, 서사와 서경 그리고 서정이 잘 어우러진 이 시를 남겼다. 결구 형태를 보면, 먼저 화산을 찾게 된 동기를 말하고, 다음으로 자신이 찾은 화산 깊은 곳의 경관과 경물을 묘사하였으며, 마지막으로는 은퇴 후 은신처로 화산이 동도문 밖 못지않다고 생각하였다. 전체적인 분위기가 음산한 것은 화산의 깊고 험한 산세 때문이며, 그곳에서 본 봉우리의 모습과 감추어진 요새의 존재는 화산의 기이함과 고준함 때문이다. 따라서 시작 부분에 '서악'을 '영악靈嶽'으로 표현하여 신령스러운 존재임을 알린 것은, 바로 이런 연유에서다. '도림桃林'은 옛 지명으로, 화산의 동쪽에 있으며, 주나라 무왕이 소를 방목하던 곳이다. 그리고 '동도東都'는 '동도문東都門'의 약칭이며, 한대 소광疏廣과 그의 조카가 동시에 관직에서 물러나 숨어 산 곳이다.

2.2.3 이백

이백은 화산에서 거주하는 친구인 단구자가 장안으로 돌아갈 때 「서악운대가를 단구자에게 보내다(西嶽雲臺歌送丹丘子)」라는 시를 지어주었다. 단구자는 안사의 난 때 만난 도교 신자로 안양顔陽과 숭산嵩山 그리고 석문산石門山 등지에 별장을 두고 있었다. 일찍이 호자양胡紫陽의 제자였으며, 옥진공주와도 밀접한 관계를 유지하였다. 이백이 장안에 들어올 수 있었던 것도 단구자와 옥진공주의 추천 덕분이었다. 이 시는 이백이 44세 때 지은 것으로, 특유의 낭만적인 필법으로 화산과 황하의 산수 장관과 태초의 신화 세계를 거침없이 노래하였고, 더불어 단구자의 은일 생활을 풍부한 상상력으로 그려내었다. 이 시를 보기로 하자.

서악은 고준하며 또한 얼마나 장대한가!
황하가 마치 실처럼 하늘 끝에서 내려오네.
황하가 만 리 밖 화산에 닿아 요동을 치니,
급류는 바퀴처럼 굴러 진천대지가 요란하다.
상서로운 빛과 기운으로 오색구름 뒤섞이고,
천년에 한번 맑으니 성인이 나타나리라.
거령이 포효하며 수양산과 화산을 쪼개고,
거대한 파도를 분출하여 동해로 흘려보낸다.
세 봉우리는 물러나 우뚝 솟아 꺾일 듯하고,
푸른 벼랑의 붉은 골은 선인의 손바닥 흔적.
서방의 신인 백제는 원기를 움직여서,
돌로 연화봉을 만들고 구름으로 누대를 지었다.
운대봉의 잔도는 깊고 어두운 곳과 이어져,
그 안에 장생불사하는 단구생이 살고 있다.
명성옥녀는 언제나 물 뿌려 쓸 준비 하고,
마고는 손톱으로 가볍게 등을 긁는다.
서왕모가 손수 천지의 문호를 통제함에,
단구생은 우주를 논하며 하늘과 대화하고,
하늘 궁궐을 출입하니 찬란한 빛이 생겨,
동쪽 봉래산으로 갔다가 화산으로 돌아온다.
나 같은 옛 친구에게 옥장을 마시게 해 준다면,
두 마리 모룡을 타고 하늘로 날아오르리라.

西嶽崢嶸何壯哉, 黃河如絲天際來.
黃河萬里觸山動, 盤渦轂轉秦地雷.
榮光休氣紛五彩, 千年一淸聖人在.
巨靈咆哮擘兩山, 洪波噴箭射東海.
三峰却立如欲摧, 翠崖丹谷高掌開.
白帝金精運元氣, 石作蓮花雲作臺.
雲臺閣道連窈冥, 中有不死丹丘生.
明星玉女備灑掃, 麻姑搔背指爪輕.
我皇手把天地户, 丹丘談天與天語.
九重出入生光輝, 東來蓬萊復西歸.
玉漿倘惠故人飮, 騎二茅龍上天飛.

이 시의 내용을 보면, 제1구에서는 황하에서 바라본 화산의 험준하고 웅장한 자태를 의문사 '얼마나(何)'와 어조사 '재哉'를 써서 극대화하였고, 제2구에서는 반대로 화산에서 바라본 황하의 모습을 풍부한 상상력으로 '하늘 끝(天際)'에서 내려온 '실(絲)'로 비유하였다. 회화의 원근법을 이용한 사실적인 묘사에다 추상적인 것까지 더하였다. 그의 시 「장진주將進酒」의 '황하의 물이 하늘에서 내려와(黃河之水天上來)'라는 시구에 비하면 좀 더 구체적이다. 그리고 다음 두 구 '황하가 만 리 밖 화산에 닿아 요동을 치니, 급류는 바퀴처럼 굴러 진천대지[25]가 요란하다(黃河萬里觸山動, 盤渦轂轉秦地雷)'를 보면, 「장진주」의 '격하게 흘러 바다에 도착하면 다시는 돌아오지 않는다

25) 진령 이북의 위수와 황하 지역. 즉, 화산 일대를 말한다.

(奔流到海不復回)'와 웅혼한 기상과 거침없는 표현이 별반 다르지 않다. 그리고 난 후, 시선을 황하에 반사되는 휘황찬란한 빛으로 돌리고는, 누런색의 황하가 천년에 한번 맑아지면 상서로운 기운이 도는 것이니, 성인의 출현은 이런 연유에서 가능하다고 서술하였다. 눈앞의 경물을 얘기하다 갑자기 성인을 등장시킨 이유는 무엇일까? 황하의 신인 거령의 등장은 곧 성인인 '우임금'을 연상한다. 전설에 의하면, 원래 화산과 수양산은 서로 이어져 황하의 물줄기를 막았는데, 우임금이 황하의 신인 거령을 시켜 두 산을 쪼개어 흐르게 하였다는 것이다. 그리고 거령의 '포효咆哮'와 거센 파도의 '분사噴射'는 이백의 기상과 필력이 그대로 드러나는 대표적인 어휘라 할 수 있다.

이어서 화산의 기이한 경관이 등장하는데, 먼저 위태롭게 솟아 있는 삼봉(남봉 낙안봉, 동봉 조양봉, 서봉 연화봉)의 형상을 얘기하고, 푸른 벼랑과 붉은 골을 보며 선인이 산을 깎고 길을 내며 남긴 손바닥 흔적이라 여겼다. 우리는 이 시구를 통해 상상력의 극치를 맛볼 수 있다. 그리고 화산을 관할하는 신인 백제가 등장하여 원기로 돌로는 연화봉을 만들고 구름으로 누대를 지었다 하였으니, 자연경관에 대한 형사적 표현 뿐만 아니라 신화라는 낭만적 상상이 결합하여 화산의 고준함과 신비함을 극도로 고조시켰다. 그렇다면 시인이 지금까지 황하의 질풍노도와 화산의 무한 절경에다 신화까지 삽입하면서 거창하게 이곳을 묘사한 이유는 무엇일까? 그의 절친한 친구인 단구자가 그곳에 살고 있기 때문이다. 단구자의 등장을 위한 복선을 충분하게 깔아둔 셈이다.

단구자는 도교 신자로 당시 화산에 거주하고 있었는데, 시인은 운대봉과 신선 세계를 잇는 잔도를 두어 그를 신선과 교류하고 왕래하는 인물로 그렸다. '운대雲臺' 이하 여덟 구는 모두 단구자의 일상과 행적을 서술한 것으로, 그를 위해 화산의 선녀인 명성옥녀가 와서 물 뿌려 청소하고, 새 발톱과 비슷한 손톱을 지닌 장수 기원 여신인 마고가 그의 등을 긁고, 천지의 문호를 관리하는 서왕모와 우주 형성과 천지자연의 도를 논한다고 하였으니, 이보다 더한 예찬이 어찌 있을 수 있겠는가? 그리하여 하늘 끝 구중궁궐을 드나들며 화산이 찬란한 빛을 얻으니, 봉래산으로 갔다가도 금방 화산으로 돌아오곤 한다.

이렇게 황하와 화산, 단구자에 이르기까지 많은 얘기를 쏟아낸 시인은 결국 마지막 두 구에 자신의 감정을 진솔하게 털어놓았다. 혹시 전설 중의 어떤 노인처럼 숭산의 큰 동굴에 잘못 들어가 신선들의 옥장玉漿을 얻게 된다면, 친구인 시인에게도 한 잔 나누어 주어 한중漢中의 점쟁이인 호자선呼子先과 주막의 늙은 아낙처럼 금세 용으로 변한 모구茅狗를 타고 하늘로 올라가 신선이 되고 싶다는 것이다. 결국, 화산의 신령스러운 분위기와 단구자의 은일 생활이 그에게 신선이 되고 싶은 욕망을 가지게 한 것이다.

이백의 또 다른 시 「서쪽으로 연화봉에 오르다(西上蓮花山)」를 보기로 하자.

서쪽 연화봉에 오르니,
저 멀리 명성옥녀 보이는데,
하얀 손에는 연꽃을 쥐고,
허공 걸으며 구름을 밟는다.
새하얀 예상 입고 긴 띠 흔들며,
가볍게 떠다니다 하늘에 오르면서,
나를 맞아 운대봉으로 올라가,
위숙경에게 크게 읍하였다.
황홀하게 떠다니고 싶어,
큰 기러기 타고 하늘로 올랐는데,
낙양천을 내려다보니,
수많은 반군이 걸어 다니고,
들풀에는 유혈이 낭자하여,
반군들이 조정을 독차지했도다.

西上蓮花山, 迢迢見明星. 素手把芙蓉, 虛步躡太清.
霓裳曳廣帶, 飄拂升天行. 邀我登雲臺, 高揖衛叔卿.
恍恍欲之去, 駕鴻凌紫冥. 俯視洛陽川, 茫茫走胡兵.
流血塗野草, 豺狼盡冠纓.

이 시는 안록산의 난으로 뤄양이 반군에게 점령되었을 때 지은 것으로 알려져 있다. 욱현호郁賢浩는 『이백선집李白選集』에서 설명하기를 "안사의 난이 일어났을 때 이백은 양원梁苑(지금의 허난성 상구商丘현)과 뤄양 등지에 있으면서, 뤄양의 함락을 목도하였다. 그리고는 함곡관을 통해 화산으로 가서 이 시를 지었다."라고 하였다.

이 시는 유선시의 영역에 속하긴 하지만, 앞 열 구는 신선 세계를, 그리고 뒤 네 구는 현실 세계를 그려서 극명하게 대비를 유도하였다. 구조 자체가 시인의 시공을 넘나드는 독특한 예술 기법이 발휘된 것이라고 볼 수 있다. 좀 더 구체적으로 설명하면, 처음 여섯 구는 화산의 선녀인 명성옥녀가 하늘을 나는 우아한 모습을 신기한 필치로 담아 '비선도飛仙圖'를 보는 듯하고, 다음 네 구는 그녀가 이백을 초대하여 또 다른 신선인 위숙경衛叔卿을 배알하고 함께 하늘을 나는 과정을 묘사하였다. 여기까지가 신선 세계와 관련된 것인데, 신선 위숙경의 등장은 또 다른 의미가 있다. 『신선전神仙傳』을 보면, 위숙경은 일찍이 흰 사슴이 끄는 구름 수레(雲車)를 타고 가 한 무제를 알현하면서, 황제가 도를 좋아하니 당연히 환대받을 것으로 생각하였다. 그러나 자신을 일개 신하 이상으로 대하지 않자 크게 실망하고 떠났다고 하였다. 현종에게 중용되지 못하고 장안을 떠난 자신의 처지와 매우 유사하다고 보아 그를 끌어들인 것이라 할 수 있다. 이런 이유에서 많은 평론가는 '초세超世'와 '용세用世' 사이에서 고민하는 이백의 심리적 모순을 지적하고 있다.

이어서 등장하는 마지막 네 구가 현실 세계를 담은 것은 이런 연장선상에서 나왔다고 할 수 있다. 이백은 위숙경과 더불어 하늘을 날면서 뤄양 일대를 보게 되는데, 낙양천에는 반군들만 득실대고, 초야를 피로 물들인 전쟁은 결국 반군의 승리로 끝났음을 알게 되었다. 이처럼 환상적인 신선 세계에서 전쟁의 참상을 알리는 현실 세계로 시선을 돌려 높은 관심을 보인 것은 우국우민憂國憂民의 감정이 없으면 불가능한 일이다. 그리고 풍격이 표일함에서 침울함으로 바뀌고, 정서가 유유자적에서 비분강개로 변화한 것을 단순히 등가의 의미로만 볼 것이 아니고, 참혹한 현실 세계의 모습을 극대화하기 위한 표현 기법이라 하지 않을 수 없다. 이백의 뛰어난 필력과 타고난 시재詩才 그리고 적극적인 진취정신이 바탕이 되어 사회 현실을 고발한 새로운 형태의 유선시를 만들었다고 볼 수 있다.

2.2.4 두보

두보는 「망악望嶽」이라는 시가 세 수 있는데, 하나는 태산을 바라보며, 다른 하나는 화산을 바라보며, 또 다른 하나는 형산을 바라보며 지은 것이다. 여기서 언급할 「화산을 바라보며(望嶽)」는 숙종 건원 원년(758)에 지었다. 안사의 난 때문에 많은 고초를 겪다가 다시 조정으로 돌아왔는데, 진도사陳濤斜의 패전으로 인해 모든 것을 잃게 된 방관房琯을 구명하기 위해 상소를 올렸다가, 오히려 화주華州(지금의 산시陝西성 화현)의 사공참군司功叅軍으로 폄적 되었다. 이때 실의에 빠져 방황하다 우울한 심정으로 화산을 찾았다. 이 시를 보기로 하자.

> 서악은 고준하고 최고봉은 존엄해서,
> 산봉우리가 아들 손자처럼 줄지어 섰다.
> 어찌하면 선인의 구절장을 구하여,
> 몸 싣고 화산의 옥녀사에 다다를까?

수레가 골로 들어가니 돌아오는 길이 없고,
화살촉이 겨우 통과하는 하늘문 하나 있을 뿐.
잠시 가을바람 차가운 기운 지나가길 기다렸다가,
백제 찾아 높이 올라 신선 되는 법을 물어보리라.

西嶽崚嶒竦處尊, 諸峰羅立似兒孫.
安得仙人九節杖, 拄到玉女洗頭盆.
車箱入谷無歸路, 箭栝通天有一門.
稍待秋風凉冷后, 高尋白帝問眞源.

화산은 높고 험준하며 우뚝 솟은 최고봉은 존엄하다. 여기서 '존尊'은 '존경' 혹은 '존엄'이라는 의미로 해석할 수 있는데 즉, 최고봉을 보면서 덕망이 높고 존경스러운 어른을 연상하였다. 그래서 주위의 봉우리들이 마치 아들과 손자들이 줄지어 있는 것처럼 보인 것이다. 객관적인 자연 경물에다 인정미를 가하고 '존엄'이라는 독특한 심리적 감수感受를 체현한 인문화 시도이다, 그리고 난 후, 신선들의 경계를 끌어들여 화산에 오르고 싶은 욕망을 표현하였는데, "어찌하면 선인의 구절장을 구하여, 몸을 싣고 화산의 옥녀사에 다다를까?(安得仙人九節杖, 拄到玉女洗頭盆)"라고 한 것은 안사의 난을 겪으면서 생긴 무력감에서 기인한 것이다. 『집선록集仙錄』에서 설명하기를 "명성옥녀가 거주하는 곳은 화산사華山祠인데, 그 앞에 다섯 개의 돌절구가 있다. 이것을 옥녀의 '세두분洗頭盆'이라 부르는데, 그 속의 물은 맑고 푸르며 차거나 줄지도 않는다."라고 하였다.

따라서 옥녀의 '세두분'이란 그녀가 거주하는 '화산사' 즉, '옥녀사'를 의미한다. 다시 현실로 돌아와 화산의 험준함을 묘사하였는데, 먼저 지명인 '차상곡車箱谷'의 의미를 풀어 수레가 골짜기로 들어가면 다시 돌아올 수 없고, 연후에 화살촉이 겨우 지나갈 정도의 천문만이 존재한다고 하여 정말 오르기 힘든 곳임을 강조하였다. 대구로 이루어진 이 두 구는 좀 과장적이긴 하지만, 땅과 하늘의 대비가 자연스럽고 막힘이 없으며 조화와 통일을 이루고 있어 그의 시재가 충분히 발휘되었다고 볼 수 있다. 마지막 두 구에서는 비록 화산이 높고 험한 산이긴 해도 쉽게 포기할 수는 없는 법, 다시 신선 세계로의 도전을 시도한다. 잠시 가을바람과 찬 기운이 사라지길 기다렸다가 화산에 올라 백제를 만나면 우화등선하는 방법이 무엇인지 물어보겠다는 의지를 강하게 피력하였다. 실의에 빠져 고통 속에서 나날을 보내는 자신의 처지에서 탈피하고자 한 것이다. 이 시는 젊은 시절 「태산을 바라보며」를 쓸 때의 웅혼한 기백은 온데간데없고, 안사의 난을 거치면서 실의와 절망 속에 빠진 채 화산을 바라보며 선계를 갈구하는 소극적 자세만이 보일 뿐이다.

3. 형산

3.1 형산 소개

형산은 '남악'으로 오악 중의 하나이다. 후난성 중부에서 동남쪽으로 치우쳐 있으며, 헝양衡陽과 샹탄湘潭의 분지 사이에 뻗쳐 있다. 전체 길이는 38㎞, 폭이 가장 긴 곳은 17㎞, 그리고 총면적은 640㎢이다. 봉우리는 72개로, 축융봉(1,300m)이 주봉이며, 석름봉・천주봉・부용봉・자개봉 등이 그 뒤를 따른다. 헝양시의 회안봉回雁峰이 머리 부분에, 창사長沙시의 악록산岳麓山이 발 부분에 해당한다.

형산은 도교와 불교의 성지로, 사寺, 묘廟, 암庵, 관觀 등이 200곳이 넘는다. 옛날 요・순 임금이 이곳으로 순수를 와서 사냥하고 또한 사직에 제사를 올렸다. 그리고 우왕은 말을 잡아 천지에 제사를 올리고 홍수를 다스릴 방법을 구하였다. 형산의 신은 일반 백성들 사이에서 숭배하는 화신火神인 축융이며, 황제黃帝에 의해 형산에 주둔할 것을 위임받아, 백성들에게 불을 사용하는 법을 가르치고, 만물을 생성・발육시켰으며, 죽어서는 적제봉赤帝峰에 묻혀서, 그곳 사람들로부터 "남악 성제聖帝"라는 존칭을 얻었다. 도교에서 일컫는 서른여섯 곳의 '동천洞天'과 일흔두 곳의 '복지福地' 중 네 곳이 형산에 있다. 그리고 석가모니의 진신사리 2개가 이곳 남대사南臺寺 금강사리탑에 보관되어 있다.

이곳을 다녀간 유명 시인·묵객들을 보면 당대의 두보·한유·유종원, 송대의 황정견·호안국·주희·장식, 명대의 담약수·장거정, 청대의 왕부지·위원·담사동 등이다. 이백은 남악에 간 적은 없지만, 인구에 회자 되는 몇 편의 시를 남겼다.

형산의 산세는 아주 독특한 일면이 있다. 청대 학자 위원魏源이 이르기를 "북악인 항산恒山은 움직이는 듯하고, 동악인 태산은 앉은 듯하며, 서악인 화산은 서 있는 듯하고, 중악인 숭산은 누운 듯하다. 오직 남악만이 홀로 나는 듯하여, 주작이 날개를 펼쳐 큰 구름을 드리우고, 사방 백 리까지 펼쳐져, 주봉을 빙 둘러 받드는 것이 마치 보좌하는 듯하다."라고 하였다. 따라서 남악은 새가 날개를 펼쳐 하늘을 나는 형상인데, 축융봉이 머리이고 부용봉과 천주봉 등 16개의 봉우리가 몸통을 이루며 남쪽 20개의 봉우리와 북쪽 16개의 봉우리는 날개에 해당한다.

또한, 음양오행으로 따지면 남방은 '불'에 속하고 색깔로는 '붉은색'에 해당한다. 그래서 남악의 형상을 주작에 비유한다. 물론 남쪽 방위를 맡은 신을 상징하는 동물이기에, 남악의 형상을 억지로 꿰맞춘 부분도 없지 않다. 그리고 남악의 '사절四絶'은 축융봉의 고준함, 방광사의 그윽함, 장경전의 빼어남, 수렴동의 기이함 등이다.

3.2 형산 명시 감상

3.2.1 유정劉楨

유정(180~217)은 자가 공간公干이고 동평東平 영양寧陽(지금의 산둥성 영양현) 사람이다. 동한 말년의 명사로 건안칠자 중의 한 사람이다. 조조의 속관으로 발탁되어 조비와 조식과도 친하게 지냈다. 그런데 조비의 처인 견甄부인에게 고개를 숙이지 않아 불경죄로 노역을 하고 낮은 관리로 강등되었다. 그리하여 병을 얻어 38세로 생을 마감하였다. 시인은 특히 오언시에 뛰어나 조식과 어깨를 겨루며 '조유曹劉'라는 호칭을 얻었다. 그의 시 「사촌 동생에게 보내다(贈從弟)」 제3수를 보기로 하자.

봉황이 남악에 모여,
마른 대나무 숲 위를 배회하다,
마음에 부족한 게 있는지
날개 떨쳐 하늘로 솟아오르네.
어찌 늘 근면하지 않았겠는가?
참새 무리와 어울리는 건 치욕이었지.
당당한 모습으로 언제쯤 돌아올까?
장차 성군이 나오기만 기다릴 뿐.

鳳凰集南岳, 徘徊孤竹根. 於心有不厭, 奮翅凌紫氛.
豈不常勤苦, 羞與黃雀群. 何時當來儀, 將須聖明君.

이 시를 이해하기 위해서는 먼저 제1, 2수를 살펴볼 필요가 있다. 두 작품의 주제어는 '부평초와 마름(萍藻)'과 '소나무와 잣나무(松柏)'이다. '부평초와 마름'은 고결한 품성을 '소나무와 잣나무'는 굽히지 않는 지조를 상징한다. 사물을 빌어 의미를 부여한 것인데, 이런 것을 중국에서는 전통적 수사 기법인 '비흥比興'이라고 한다. 제3수도 마찬가지로, 신조神鳥인 '봉황'을 내세워 '절세고도絶世高蹈'의 원대한 뜻을 담았다. 하류 속세와는 함께 하지 않겠다는 의지의 표현이다. 시인은 이로써 사촌 동생에게 세상을 살아가는 올바른 태도를 제시하였다. 시인의 지나온 역정이 이와 같음을 내비치는 것이기도 하다. 이 시에 등장하는 남악은 실경 산수와는 거리가 멀다. 봉황은 사방의 신령 중에서 남방의 상징인 주작으로, 남악과 관련지어 놓았을 뿐이다.

오동나무는 예부터 상서로운 나무로 알려져 있다. 길조인 봉황새가 나타나면 온 세상이 태평하게 되며, 이때 '오동나무가 아니면 깃들지 않고, 대나무 열매가 아니면 먹지 않는다(非梧桐不棲, 非竹實不食)'고 한다. 대나무가 등장하는 것도 바로 여기서 유래한 것이다. 그런데 봉황이 내심 부족한 게 있거나 불편한 게 있으면 하늘로 훌쩍 솟아오른다. 이것은 즉 『장자』의 '붕새'를 연상하여 나온 시구이다. 북쪽 바다에 물고기가 있어 그 이름을 "곤鯤"이라 하는데, 그 크기가 몇천 리나 되는지 알 수가 없다. 그것이 새가 되니 그 이름을 "붕鵬"이라 하며, 이 새의 등 넓이도 몇천 리나 되는지 알지 못한다. 한번 기운을 내어서 날면 날개는 마치 하늘에 드리운 구름과 같고, 바다 기운이 움직일 때 남쪽 바다로 가는데, 남쪽 바다란 '천지天池'를 말한다.

그렇다면 봉황의 불편한 심기는 무엇일까? 근본적으로 '봉황은 제비나 참새 등과는 같은 무리를 이루지 않는다.(鳳凰不與燕雀爲群)' 사람으로 말하면, 군자가 소인배와는 어울리지 않는다는 뜻이다. 따라서 그들과 어울리는 것을 치욕이라 여겨 언제나 근면하고 주의했다. 그리고 하늘 높이 올라간 봉황이 용모를 갖추고 돌아올 날은 언제일까? 오로지 성군이 등극하는 날이다. 시인이 살았던 시기는, 조조가 대장군으로 군림하며 실권을 독차지하고, 삼국이 치열하게 전쟁을 벌일 때이다. 조조의 부름을 받아 여러 관직을 거치기는 했지만, 조식의 편에 선 그는 조비가 제위에 오르는 것을 목격한 후, 내심 성군이 등극하여 나라를 올바르게 다스리고 백성을 편안하게 만드는 세상이 오기를 간절히 바랐을 뿐이다.

3.2.2 사령운謝靈運

사령운(385~433)은 이름이 공의公義이고, 자가 영운靈雲이다. 진군陳郡 양하陽夏(지금의 허난성 태강현) 사람으로 동진에서 유송劉宋 시대까지 대신을 두루 거쳤다. 비서랑 사환謝瑍의 아들이며, 어머니는 왕희지의 외손녀 유씨劉氏이다. 회계군에서 태어나, 진대 원흥 2년(403)에 '강락공康樂公'으로 세습 봉작을 받았으나, 유송이 건국된 후 '강락후康樂侯'로 강등되었다. 작위의 강등과 더불어 주요 관직에 중용되지 못하고 지방 관리로 전전하면서, 그의 무리와 함께 산수 유람을 일상화하였다. 그리하여 산수 자연의 아름다움을 직접 경험하고 난 후, 당시 문학적 표현 대상으로 크게 주목받지 못했던 '산수미'를 시의 주요 내용으로 격상시켰다. 이렇게 탄생한 것이 바로 중국 고전시가 중의 한 장르인 '산수시'이다. 결국은 49세의 나이에 반역죄로 처형되었다. 형산과 관련된 시 「식암동 아래에서의 송찬(巖下贊)」을 보기로 하자.

> 형산에서 찻잎 따는 자가,
> 길 잃고 양식마저 떨어져서,
> 식암동 아래를 지나다 앉았는데,
> 서로 담론하는 모습을 보았다.
> 한 늙은이와 너덧 명의 어린이가,
> 선인인지 은사인지 구별하긴 어렵지만,
> 그 글이 이 세상의 가르침이 아니니,
> 그들은 틀림없이 지혜로운 사람이리라
>
> 衡山采茶人, 路迷糧亦絶. 過息岩下坐, 正見相對說.
> 一老四五少, 仙隱不可別. 其書非世教, 其人必賢哲.

여기에 등장하는 '식암동'은 현재의 '석암선동錫巖仙洞'으로, 남악 72봉 중의 하나인 봉황봉 남쪽 기슭에 있다. 『호남성통지

湖南省通志』에 의하면, 진대에는 "식암息巖"이라 하였고, 당대에 와서 "선동仙洞"이란 명칭을 부여받았으며, 명대에는 '식息'을 '석錫'으로 고쳐 오늘날 '석암선동'이 되었다고 한다. 이 동굴은 총면적이 약 8만㎡나 되며, 18개의 크고 작은 '동청洞廳'이 존재한다. 동굴 벽 약 60여 곳에 역대 문인들이 제목을 붙여 노래한 시문이 새겨져 있는데, 가장 유명한 작품이 바로 이 시이다. 자연경관과 인문경관이 결합한 대표적 '선동'이다.

유송 시대에 나온 유경숙劉敬叔의 지괴소설집 『이원異苑』에 이 시와 관련하여 다음과 같은 고사를 수록하고 있다. 동진 태원太元(376~396) 말에 상동湘東의 요조姚祖가 군청의 낮은 관리로 있으면서 형산을 지나다가, 바위 아래에서 어린애가 어울려 붓을 잡고 글을 짓는 모습을 보았다. 길동무들이 쉬는 것이라 여기고 길을 돌아서 지나가는데, 백 보를 채 가기도 전에 소년들은 모두 훌쩍 날아가 버렸다. 그들이 앉아 있던 곳에 종이 한 장이 남아 있었는데, 앞 몇 구절은 옛 글자였으나 그 뒤로는 모두 새 발자국이었다.

사령운은 형산에 놀러 와 식암동에 들렀다가, 이곳을 기념하기 위해 요조의 고사를 이용해 시를 지었다. 고사에는 소년만 등장하나, 이 시에 노인까지 등장한 것은 다음 시구에 '신선'과 '은사'가 동시에 등장하기 때문이다. 일반적으로 동자는 은사가 될 수 없다. 그리고 그들이 남기고 간 글 또한 인간세계에서 통용되는 예교나 사상 같은 것을 담고 있지 않기 때문에, 그들은 분명 다른 세계에서 온 현명하고 지혜로운 성현이라고 단정 지었다. 이처럼 형산은 신선과 은사가 함께 거주할 수 있는 탈속의 절대 경계라는 것이다.

3.2.3 육기

그의 시 「남악을 노래하다(詠南嶽)」를 보기로 하자.

남악인 형산은,
하늘에 닿을 만큼 높다.
장강과 상수를 굽어보니,
강물이 깊고도 넓도다.
맑고 평화로운 기운 모이고,
준걸과 의인들이 숨었으니,
하늘이 그것을 보호하여,
아름다운 빛 찬란하도다.
몽사는 밝고 빼어나며,
부상은 아름답고 고상하니,
내 가슴에 품기만 했을 뿐,
빼어남에 할 말을 잊었다.

南衡維岳, 峻極昊蒼. 瞻彼江湘, 惟水泱泱.
淸和有合, 俊義以藏. 天保定爾, 茂以瓊光.
景秀蒙汜, 穎逸扶桑. 我之懷矣, 休音峻揚.

이 시는 남악인 형산의 산세와 풍광을 다양한 시각과 풍부한 상상력을 통해 드러낸 작품이다. '산이 높다'라는 표현은 수없이 많지만, 높을 '준峻', 다할 '극極', 하늘 '호昊', 푸를 '창蒼'을 모아 하나의 시구에 모두 담은 것은, 절제와 함축으로 효과를 극대화한 표현이라 할 수 있다. 이후에 등장한 이백은 '衡山蒼蒼入紫冥'이라고 표현하였는데, 앞의 두 글자 '衡山'을 빼면 '蒼蒼入紫冥'이라는 다섯 글자가 된다. '호창昊蒼'과 '자명紫冥'은 모두 '하늘'이라는 의미로, 육기는 '하늘에 닿을 만큼 높다(峻極昊蒼)'라고 하였지만, 이백은 '아득히 하늘로 들어간다(蒼蒼入紫冥)'라는 표현을 썼다, 이백의 표현이 좀 더 세련된 것임을 알 수 있다. 또한, 산이 높음을 말할 때 강을 내세워 표현하는 경우가 많은데, 실제로 볼 수 없는 장강과 황하를 거론하는 경우가 많다, 여기서도 '장강'과 '상수'가 등장하는데, 이것 역시 형산이 '남악독수南岳獨秀'라는 의미를 상기시키는 시작 의도가 깔려있다. 하지만 이런 산세에도 불구하고 맑고 평화로운 기운이 모여 있고 재주와 슬기가 뛰어난 호걸과 의인들이 숨어 있으니, 자연과 인간의 은밀한 만남이 수시로 이루어지는 장소이기도 하다. 그리하여 형산은 더욱 빛이 나는, 마치 하늘이 돌보아 아름다운 광채를 뿜어내는 듯한 느낌을 받는다. 시인은 나아가 신화 속에 등장하는 '부상扶桑'과 '몽사蒙汜'에 수려한 경관울 가미하여 형산 속으로 빨아들였다. 이런 정도이니, 형산은 할 말을 잊게 하고 가슴에 품을 수밖에 없다.

3.2.4 이백

그의 시 「방광사에서 노닐며(遊方廣寺)」를 보기로 하자.

사찰에서 한가롭게 머물다 졸린 눈 뜨면,
이때 어느 곳이 가장 그윽하고 맑을까?
창에는 밝은 달 가득하고 하늘엔 바람조차 고요한데,
옥경 소리만이 때때로 한두 번씩 들리는구나.

聖寺閒棲睡眼醒, 此時何處最幽淸.
滿窗明月天風靜, 玉磬時聞一兩聲.

방광사는 연화봉 아래에 있으며, 남북조시대 양나라 천감 2년(503)에 고승인 혜해惠海스님이 이곳에다 암자를 세웠다. 스님이 하루는 불경을 외고 있는데, 다섯 명의 신체 건장한 남성이 찾아와 만나기를 원했다. 얼굴은 청, 황, 자, 백, 흑 등의 다섯 빛깔이었고, 모두 흰 도포를 입고 있었다. 어디서 왔느냐고 물으니, 남악에 사는 다섯 용신龍神이라 대답하였다. 그들은 설법을 요구하며, 허락한다면 이곳을 평지로 만들어 주겠다고 약속하였다. 다음날 일어나 보니 과연 넓은 평지가 되어 있었다. 그리하여 스님은 여러 사람으로부터 적선을 받고 모금을 하여 방광사를 지었다. '방광사'란 이름은 불법의 '십방광포十方廣布' 즉, '전방위로 널리 알린다'는 말에서 나왔다.

이백은 '신선 찾아 오악을 멀다 않고, 평생 명산에 들어가 유람하기 좋아했네(五嶽尋仙不辭遠, 一生好入名山遊)'라고 스스로 밝힌 것처럼, 오악에서 신선을 찾고 명산에서 유람하는 것을 평생의 취미로 삼았다. 그는 숙종 건원 원년(758) 가을에 창사를 방문하였다가 상강湘江을 거슬러 올라와 형산을 유람하였다.

시작부터 '성사聖寺'라고 한 것은 연화봉 아래 깊은 산속에 있으며, 주위에는 삼림이 울창하고 잔잔한 시내가 흐르고 있어, 성스럽게 느낄 정도의 분위기를 자아내고 있기 때문이다. 이곳에서 한가롭게 지내다 졸려서 잠이 들었는데, 문득 눈을 떠 보니 방광사의 정적과 그윽함이 새삼 가슴에 와닿았다. 그리하여 스스로 묻는 형식을 취하여 방광사의 '유청幽淸'함이 최고라는 찬사를 아끼지 않는다. 밝은 달밤에 바람 한 점 없는 고요한 산속에서 옥경 소리만이 한두 차례 들리는 산사의 깊고 아늑한 분위기는, '방광사에 가보지 않으면 남악의 그윽함을 알 수가 없다(不遊方廣, 不知南岳之深)'라는 얘기가 회자 되는 이유이다. 이 시는 졸다 눈을 뜬 순간 포착한 주위의 분위기를 보이는 그대로, 들리는 그대로, 느끼는 그대로 묘사했기 때문에, 예부터 서경시의 진수를 보여주는 훌륭한 작품이라고 평판이 나 있다.

3.2.5 두보

그의 시 「남악을 바라보며(望嶽)」를 보기로 하자.

남악이 주작과 짝을 이루어,
제왕 대대로 예법에 차이가 있었으나,
신속히 영지의 정기를 들이키니,
서로 이어져 남방의 반이나 차지하였다.
나라에서는 제사 의례 행하나,
덕치에는 꽃다운 향기 나지 않고,
임금의 순수 또한 어찌나 뜸한지,
순임금 때 있다 지금은 사라졌다.
나에게 험한 속세의 그물이 닥치니,
소상 지역을 거쳐 이곳에 와서는,
온종일 절벽 아래로 나와 노닐다가,
맑은 빛 출렁이는 강가에 배를 띄운다.
축융봉은 다섯 봉우리 중 지존이고,
봉우리마다 들쑥날쑥 이어지니,
자개봉만 오직 방향을 달리할 뿐,
다투듯 높고 험하여 서로를 바라본다.
삼가 신선 된 위부인에 대해 들으니,
뭇 신선들이 주위를 에워싸 날고,
때때로 다섯 봉우리 주위의 기후는,
어지러운 바람이 휘날리는 서리 같다.
먼 길을 가는 것은 시간이 촉박하고,
높은 봉우리는 지팡이 짚고 오를 틈 없어,
돌아가려고 수레 대라 명하고는,
옥당에서 쉬며 목욕이나 하길 바랐도다.
여러 차례 탄식하며 군수에게 물었노니,
어찌해야 우리의 신을 찬양할 수 있을까?
제수용 가축과 옥기로 쇠락한 속세를 견디면,

신은 인간에게 축복을 내려 주는가 보다.

南岳配朱鳥, 秩禮自百王. 欻吸領地靈, 鴻洞半炎方.
邦家用祀典, 在德非馨香. 巡狩何寂寥, 有虞今則亡.
洎吾隘世網, 行邁越瀟湘. 渴日絶壁出, 漾舟淸光旁.
祝隆五峰尊, 峰峰次低昂. 紫蓋獨不朝, 爭長嶪相望.
恭聞魏夫人, 群仙夾翱翔. 有時五峰氣, 散風如飛霜.
牽迫限修途, 未暇杖崇岡. 歸來覬命駕, 沐浴休玉堂.
三嘆問府主, 曷以贊我皇. 牲璧忍衰俗, 神其思降祥.

이 시는 대력 4년(769) 시인이 58세 되던 해 봄, 웨양岳陽에서 배를 타고 헝양으로 올라오는 도중에, 형산현 성곽 부근에다 배를 대고 남악을 바라보며 지은 작품이다. 이것의 근거가 되는 것이 바로 '온종일 절벽 아래로 나와 노닐다가, 맑은 빛 출렁이는 강가에 배를 띄운다(渴日絶壁出, 漾舟淸光旁)'라는 시구이다.

이 시는 크게 네 부분으로 나눌 수 있는데, 처음 네 구는 주작이 다스리는 남악인 형산에 제왕들이 대대로 나름의 제사를 통해 예를 다했으며, 형산 또한 영지領地의 정기를 받아 남방의 반이나 되는 영토를 점유하였다고 하였다. 광활하고 거대한 외양을 과장법을 통해 묘사하였다. '서로 이어져 남방의 반이나 차지하였다(鴻洞半炎方)'는 태산을 보고 지은 같은 제명題名의 시구인 '제·노의 땅에 짙푸른 산빛 끝이 없도다(齊魯靑未了)'와 자주 비교된다.

이어서 당시의 남악 제사와 일국의 다스림에 관해 얘기하면서, 제례는 있으나 덕치에는 향기가 사라지고, 순수도 이미 자취를 감추었다 하였다. 다시 말해, 임금께 덕으로 나라를 다스리고 순수를 통해 나라를 안정시키라는 권유를 우회적으로 표현한 것이다. 그리고 시인은 험한 속세의 그물이 자신에게 미쳐 어쩔 수 없이 소상 지역을 거쳐 이곳에 왔고, 온종일 절벽 아래에서 노닐다가 맑은 빛 출렁이는 강가에 배를 띄운다고 하였다. 뒤이어 남악에 대한 경관 묘사가 전개되므로, 여기가 바로 투시 지점이라고 볼 수 있다. 여기에 등장하는 '속세의 그물(世網)'이란 시인의 한 많은 인생역정을 통하여 짐작할 수 있는데, 허난성 공현鞏縣에서 태어나 뒤늦게 구한 낮은 관직, 생사를 가늠할 수 없었던 안사의 난, 48세에 관직에서 물러난 후 갖은 고생 끝에 안착한 완화초당, 사망 직전 2년 동안의 소상 지역에서의 수상생활 결국 동정호에서 59세의 일기로 병사한 것이 그것을 증명한다.

남악의 경관 묘사는 '축융봉은 다섯 봉우리 중 지존이고(祝隆五峰尊)'에서 '어지럽게 부는 바람이 휘날리는 서리 같다(散風如飛霜)'까지 총 여덟 구인데, 이 중 두 구는 신선이 된 후 자허원군紫虛元君의 지위에 오른 위부인을 가져와 남악이 선계임을 밝혔다. 여기서 '때때로 다섯 봉우리 주위의 기후는, 어지럽게 부는 바람이 휘날리는 서리 같다(有時五峰氣, 散風如飛霜)'라는 시구는, 이백의 「제공들과 더불어 형양으로 돌아가는 진랑을 보내며(與諸公送陳郎將歸衡陽)」라는 시의 '회오리바람 불어 다섯 봉우리 쌓인 눈 흩어지면, 가끔은 눈꽃이 날아가 동정호에 떨어진다(回飇吹散五峰雪, 往往飛花落洞庭)'와 자주 비견된다. 동일 지역인 남악 주위의 기후를 상상한 것인데, 그 분위기가 일치한다.

다시 현실로 돌아와, 남악을 세세히 돌아볼 시간 없어 귀가를 명령하고 위부인이 신선으로 승화하였다는 옥당 즉, 황정관黃庭觀에서 목욕하며 휴식을 취하기를 바랐다. 그리고 마지막으로 남악신을 위한 남악 제례를 정성을 다하여 행하면 속세가 아무리 쇠퇴하더라도 형산은 여전히 이런 산세를 유지할 것이라는 지론을 펴면서 끝을 맺었다.

3.2.6 한유韓愈

한유(768~824)는 자가 퇴지退之이고, 하양河陽(지금의 허난성 멍저우孟州시) 사람이다. 창려昌黎현의 명망가라 하여 "한창려" 혹은 "창려선생"이라 불렀다. 정원 8년(792)에 진사에 급제하여 여러 난관이 있었지만, 관직을 두루 거친 후 만년에는 이부시랑을 역임하였다. 그가 57세의 나이로 죽자, 그에게 예부상서를 추증하였다. 당대 고문운동을 제창하였으며, 당송팔대가 중의 한 사람이다. 그의 시 「축융봉을 유람하다(遊祝融峰)」를 보기로 하자.

만 길 축융봉이 땅에서 솟아,
옅은 구름 속에서 보일 듯 말 듯.

늙은이는 산이 좋아 돌아가려 하지 않고,
산기슭 낮은 곳에서 술에 취해 잠드네.
동자는 찾으면서도 동요하지 아니하고,
망설이며 늙은이가 화낼까 두려워할 뿐.
잠에서 깨어나 정신 차려 하산하니,
밝은 달빛과 맑은 솔바람이 외길에 가득하네.

祝融萬丈拔地起, 欲見不見輕煙裏.
山翁愛山不肯歸, 愛山醉眠山根底.
山童尋着不敢驚, 沉吟爲怕山翁嗔.
夢回抖擻下山去, 一逕蘿月松風淸.

축융봉은 해발 1290m로 형산에서 가장 높은 봉우리이다. 고대 전설에 등장하는 삼황三皇 중의 한 명인 '축융씨'가 이곳에 머물다 죽어서 생긴 이름이라고 한다. '축융씨'는 신화·전설에 등장하는 화신이다. 그래서 '수인씨燧人氏'가 바로 '축융씨'라고 하기도 하며, 불을 발견한 것은 '수인씨'고 그것을 보전한 것은 '축융씨'라고 하기도 한다. 봉우리 주위로 많은 군소 봉우리가 빙 둘러싸고 있어 '독존獨尊'의 지위를 얻었다. 봉우리 정상에는 명대에 만든 축융전이 있고, 그 옆에는 망월대와 풍혈風穴과 뇌지雷池가 있다. 봉우리 아래에는 나한동羅漢洞, 사신애舍身崖, 회선교會仙橋 등이 있다. 축융봉에 오르지 않으면 남악의 높이를 알 수 없다고 할 정도로 72봉 중의 최고 봉우리이다.

처음 두 구는 형산의 고준함과 웅장함 그리고 옅은 구름으로 인해 나타났다 사라지기를 반복하는 변화무쌍한 봉우리의 모습을 표현하였다. 이어서 산이 좋아 그곳에 머물면서 술로써 하루를 즐기는 늙은이의 모습, 그리고 그를 찾아다니면서도 전혀 놀라거나 당황하지 않는 동자의 행동은 모두가 그들의 일상사임을 알 수 있다. 오히려 잠을 깨우는 것이 두려워 망설이는 동자의 모습은 주인의 산속 음주가 얼마나 큰 즐거움인지 암시하는 대목이다. 마지막 두 구는 늙은이가 바로 시인 자신임을 밝히고, 하산하는 외길의 정취를 덩굴 사이로 보이는 밝은 달빛과 솔솔 부는 맑은 솔바람을 통해 표현하였다. '산옹'을 자연 속의 객관적 실체로 두고 동자의 태도를 통해 산수를 찾고 음주를 즐기다 취한 그의 모습을 그린 것은 유락의 만족도를 극대화하기 위한 시도로 보인다. 그리고 술 깬 뒤 하산하는 과정에서 느끼는 '솔가지 사이로 부는 바람과 댕댕이덩굴 사이로 비치는 달(松風羅月)'의 밝고 맑은 정취는, 이 시의 완성도를 높이는 결정적 요소가 되었다. 작품성은 차치하더라도, 이런 정취는 누구나 한 번쯤은 경험해 보고 싶은 로망이다.

3.2.7 이원보李元輔, 장거정張居正

송대 이원보(생몰년 미상)는 초상화를 그리는 데 능했다. 왕단王端이 석벽에 황제의 초상을 그리다 끝내지 못하고 죽자, 그에게 명하여 마치도록 하였다.(『성조명화평聖朝名畵評』) 그의 시 「수렴동水簾洞」을 보기로 하자.

한 조각이 푸른 절벽에 걸렸으니,
먼지가 끼지 않아 또렷하도다.
순식간에 하얀 옥구슬 되어
물 주렴을 아래로 드리운다.
들녘의 제비 날아들기 힘들고
산바람도 거두어 열 수가 없다.
소리소리 내며 바다로 흘러가지만
하늘의 뜻은 언제나 벼랑을 그리워한다.

一片掛蒼崖, 分明不惹埃. 霎成珠顆白, 垂下水簾來.
野燕飛難入, 山風卷不開. 聲聲去朝海, 天意戀岩隈.

수렴동은 옛날에는 주릉대제가 거주하던 곳이라 하여 "주릉동朱陵洞"이라 불렀다. 자개봉 아래에 있으며 축융사와는 약 4㎞ 떨어져 있다. 이곳은 신선들이 거주하던 '동부洞府'였다. 수렴동 폭포의 물은 자개봉에서 시작하는데, 세 갈래 샘물이 수렴동 위의 못으로 유입된다. 석벽을 타고 나는 듯이 떨어지는데, 폭은 약 3m 높이는 50m가 넘는다. 물 떨어지는 소리가 천둥소리 같아서 10리 떨어진 곳까지 들린다. 수렴동 아래에는 푸른 못이 있는데 구름과 경치가 비치어 마치 한 폭의 산수화를 연상케 한다.

폭포를 멀리서 보면 마치 낭떠러지에 하얀 조각이 하나 걸려 있는 듯하다. 날씨가 맑으니 더욱 또렷하게 보인다. 가까이 가서 보면 그것이 물줄기라는 것을 확인하는데, 더 자세히 보면

물방울이 햇빛에 반사되어 반짝반짝 빛나는 옥구슬 같다. 그런 옥구슬을 엮어 만든 것이 '수렴'이다. 시인들은 폭포를 보면 대부분 이렇게 느꼈다. 그런데 이 시가 '수렴동'의 대표작으로 인정받는 이유는 바로 후반부에 있다. 먼저, 시인은 바람을 가르며 나는 들녘의 제비도 뚫고 지나갈 수 없고, 세차게 부는 산바람도 거둘 수가 없다고 하였다. '들녘의 제비(野燕)'와 '산바람(山風)'의 등장은 고정된 폭포 자체적 동력이 있긴 하지만 자연의 동력을 불어넣는 효과를 가져왔고, 또한 동력의 차이를 통해 '수렴'의 강도를 독자들에게 금방 인지할 수 있게 하였다. 이런 점에서 대단히 돋보이는 경관 묘사이다. 산속에는 언제나 새가 날고 바람이 불지만 세차게 흘러내리는 폭포에 대항할 수 있는 것을 특별히 설정한 이유가 바로 여기에 있다. 원천에서 나온 샘물은 개울을 따라 졸졸 흘러가다 점점 거친 물굽이를 돌아나가며, 절벽을 만나서는 소리소리 지르며 바다로 나아가는데, 자연물이긴 하지만 그것도 언제나 마음은 낭떠러지에 있을 것이라는 시인의 자의적인 상상력은 수렴동의 가치를 격상시켰다. 또한 '연戀'이라는 글자를 통해 자연에 감정이입을 시도한 것은 의인화 수법으로 자신의 감정을 대변하는 역할을 수행토록 하였다.

다음은 같은 제목으로 쓴 명대 장거정(1525~1582)의 「수렴동」을 보기로 하자. 장거정의 자는 숙대叔大이고, 호는 태악太岳이며, 강릉江陵현(지금의 후베이성 징저우荊州시)에서 태어났다. 정치가이자 개혁가로서 이름을 날렸다. 58세의 나이로 죽자

'상주국上柱國'이라는 벼슬과 '문충文忠'이라는 시호를 내렸다.

큰 바다의 뒤집힌 파도라고 잘못 생각하거나,
푸른 강물에 떨어지는 은하라고 여기지 마라.
저절로 아황과 여영의 깊은 은신처 되었으니,
수정 주렴이 오색구름 꼭대기에 걸려 있도다.

誤疑瀛海翻瓊浪, 莫擬銀河落碧流.
自是湘妃深隱處, 水晶簾掛五雲頭.

같은 경물이라도 공간과 시간 그리고 상상력에 따라 시적 표현은 각양각색으로 나타난다. 특히 시인의 관찰력과 상상력은 독자의 감각과 생각을 초월한다. 이 시에서도 보듯, 하나의 객관적 실체인 폭포수를 두고 '뒤집힌 파도(瀛海)', '은하銀河', '오색구름(五雲)' 등의 거대한 자연 경물을 등장시켜 내용을 전개한 것은, 앞의 시와는 비교할 수 없을 정도로 스케일이 크다. 또한 '상비湘妃'가 상수의 신이고, 상수는 남악을 끼고 있다는 발상으로 주릉대제가 거주하던 수렴동을 그들의 은신처로 상상한 것 또한 매우 도발적이다. 그래서 시인을 풍부한 상상력의 소유자이자 최고의 언어마술사라고 하는지도 모른다.

'상비'는 요임금의 두 딸이자 순임금의 처가 된 '아황娥皇'과 '여영女英'을 일컫는다. 그들은 강남으로 순수를 떠난 순임금을 좇아가다가 순임금이 창오蒼梧에서 죽었다는 얘기를 듣고 통곡하면서 산과 들의 대나무에 눈물을 뿌려 자국을 남겼다. 그 대나무를 일컬어 "반죽斑竹"이라 한다. 그리고는 상수에 몸을 던졌다. 죽은 후에는 상수의 신으로 추앙받았다.

3.2.8 장식張栻, 주희朱熹, 임용중林用中

장식(1133~1180)의 자는 경부敬夫이고 호는 남헌南軒이다. 쓰촨성 면죽綿竹 사람이다. 승상인 장준張浚의 아들로, 벼슬은 우문전수찬까지 역임하였다. 남송 초기의 학자이자 교육자로 호상학파湖湘學派를 이끌었다. 주희(1130~1200), 여조겸呂祖謙(1137~1181)과 더불어 '동남삼현東南三賢'이라는 칭호를 얻었다. 장식이 지은 「형산에 올라 시를 짓다(登山有作)」라는 시와 이것을 '차운'하여 지은 주희와 임용중의 시를 계속해서 감상하기로 하자. 장식의 시는 다음과 같다.

> 위로는 절벽이 하늘 끝까지 솟았고,
> 아래로는 봉우리가 이어져 깊어진다.
> 높이 오르는 가마에서 절로 노래 나오니,
> 흰 구름 흐르는 물이 지금의 내 마음이로다.

> 上頭壁立起千尋, 下列群峰次第深.
> 兀兀籃輿自吟詠, 白雲流水此時心.

이 시는 눈 앞에 펼쳐진 절벽과 봉우리를 묘사하여 시인이 어디쯤 있는가를 말해 준다. 또한 등산 도중에 자연에 심취하여 노래가 절로 나오고, 이때 마음은 마치 두둥실 떠다니는 흰 구름과 쉼 없이 흐르는 시냇물 같아서 그저 자유스러울 뿐이다. 여기서 재미있는 것은 '가마(籃輿)'의 등장이다. 옛 사대부들은 산에 오를 때도 가마나 말을 타고 올랐다. 요즘도 중국의 명산을 가면 어디건 가마꾼을 볼 수 있다. 예나 지금이나 높은 산을 오르는 것은 힘드니까.

다음은 장식의 시를 차운한 두 수를 보기로 하자. 먼저 주희의 「장경부의 <登山有作> 각운자를 쓰다(登山有作次敬夫韻)」는 다음과 같다. 주희는 남송 성리학의 대가이자 위대한 교육자이며 유명 시인이다.

저녁 바람에 구름 흩어지니 하늘 끝까지 푸르고,
지는 해에 회오리바람 솟구치니 서릿발이 심하다.
맑게 갠 하늘빛이 사방에 퍼지니 달밤은 더욱 차고,
벼슬한 자 숨어 산 자 여기서 하늘의 뜻을 경험한다.

晩風雲散碧千尋, 落日沖飈霜氣深.
霽色登臨寒月夜, 行藏只此驗天心.

'차운'이란 타인이 쓴 시에서 운각韻脚을 그대로 가져오고 순서도 맞추어 창화하는 것을 말한다. 당대의 백거이가 원진과 창화하면서 시작되어 송대에 이르러 더욱 성행하였다. 이 시에서는 운각인 '尋', '深', '心'을 차운하였다.

그는 이 시에서 장식의 각운자(尋, 深, 心)를 그대로 쓰면서, 내용은 남악의 정상에서 본 저녁 풍경과 느낀 정회를 서술하였다. 저녁 바람은 구름을 사라지게 하고, 구름이 사라지자 천지 사방이 모두 푸르다. 해 떨어진 후 몰아치는 회오리바람은 서릿발을 더욱 성성하게 하고, 비 갠 맑은 하늘에는 달빛이 맑고 환하니 한기가 더욱 와 닿는다. 여기까지는 서경적인 묘사이고 마지막 구는 자신이 생각한 바를 서술하였다. 전형적인 산수시의 작법을 따랐다. 벼슬길에 나아간 자나 산수 속에 숨어 산 자 모두 이곳에서 '천심' 즉, '하늘의 뜻'을 경험하리라 생각하였다. 그는 현실과 사회를 초월하는 무엇이 우주에 존재한다고 인식하였는데, 그것이 바로 사람들의 일체 행위를 규범하는 '천리天理'이다. 그리고 '천지지심天地之心'의 네 가지 덕은 '원형이정元亨利貞'이라 생각하였는데, '원'은 봄으로 만물의 시초이며, '형'은 여름으로 만물이 자라고, '리'는 가을로 만물이 이루어지고, '정'은 겨울로 만물을 거두는 것을 뜻한다. 즉, 만물의 근본 원리를 말했다. 이 시는 훌륭한 시로 인정받지는 못하지만, 성리학 대가의 산수시라는 점에서 주목을 받는다.

다음은 임용중(?~1205~1207)의 「장경부의 <登山有作> 각운자를 쓰다(登山有作次敬夫韻)」를 보기로 하자. 임용중은 주희의 문하생으로 들어가, 지조가 뛰어난 사람으로 인정을 받았으며, 채원정蔡元定과 더불어 이름을 날렸다. 건도 3년(1167)에는 주희를 따라 담주로 유람을 가다 중도에 강학을 펼쳤다. 악록서원과 성남서원에서 장식을 만났으며 『중용』의 뜻과 이치를 토론하는 자리에도 참여하였다. 주희와 함께 남악을 유람하며 『남악수창집南岳酬唱集』을 남겼다. 순희 6년(1179) 주희가

남강南康태수로 갈 때 동행하여 백록동서원에서 강학하였다. 끝내 벼슬은 하지 않았다.

> 절벽이 높이 솟아 몇 길인지 알 수 없고
> 수많은 봉우리 이어져 갈수록 깊어지네.
> 아무 생각 없이 우두커니 먼 곳 둘러보니
> 흐르는 물 높은 산이 오랜 마음이로다.
>
> 壁立崔嵬不計尋, 千峰羅列獻奇深.
> 等閑佇立遙觀遍, 流水高山萬古心.

이 시는 장식의 시를 차운한 정도가 아니고, 같은 내용에 글자 몇 자 바꾸고 순서만 조금 달리하였을 뿐이다. 자연 경물로는 '절벽', '봉우리', '흐르는 물' 등이 똑같고, 마지막 구에 '흰 구름(白雲)'만 '높은 산(高山)'으로 바뀌었을 뿐이다. 여기에 덧붙여 운각까지 똑같다 보니 거의 표절이라 할 수 있다. 다만 자연 경물에 대한 경외의 마음이 '지금(此時)'이 아닌 '오랜 세월(萬古)'로 표현한 것은, 시인의 마음을 장경부처럼 순간적으로 느낀 것이 아니라, 오랜 세월 변함없이 이어져 온 것임을 강조하였다.

3.2.9 담사동譚嗣同

담사동(1865~1898)은 유양瀏陽(지금의 후난성에 속함) 사람이다. 중국 근대 정치가이자 사상가로 나라를 부강하게 만들기 위해서는 상공업을 발전시켜야 한다고 주장하면서, 서방의 자산계급과 정치제도를 받아드려야 한다는 '변법유신운동'을 전개하였다. 이 운동이 실패한 후 살해당했는데, 그의 나이 33세였다. 그의 시 「새벽에 형악 축융봉에 올라(晨登衡岳祝融峰)」를 보기로 하자. 이 시는 모두 두 수인데, 27세 때인 광서 17년(1891) 가을에 남악을 유람하면서 지었다. 그는 20세부터 약 10년간 황하와 장강 일대를 유람하면서 수려한 경치를 보았고, 빈궁한 사회 실상도 목격하였다. 이 시기의 경험이 '변법유신운동'을 벌인 결정적 계기가 되었다.

높은 데 있는지 별로 못 느끼는데,
사방 둘러봐도 봉우리 하나 없다.
단지 지나가는 뜬구름만 눈앞에 있어,
때때로 한 번씩 가슴을 씻어 낸다.
땅이 사라지고 별들조차 숨었다가,
하늘이 약동하자 해가 불타오른다.
동정호는 반쪽 구기 크기로 보이고,
가을 추위는 용을 꿈틀거리게 한다.

身高殊不覺, 四顧乃無峰. 但有浮雲度, 時時一蕩胸.
地沈星盡沒, 天躍日初鎔, 半勺洞庭水, 秋寒欲起龍.

산 정상에 오르면 잠시 자신이 어디에 있는지 잊을 때가 있다. 그러다가 주위를 둘러보면서 발밑에 봉우리가 있고 구름 속에 내가 있음을 확인했을 때, 다시 한번 자신의 위치를 인지하게 된다. 손에 잡힐 듯 지나가는 뜬구름을 보며 두근거리는 가슴을 쓸어내는데, 여기서 '蕩胸'과 '雲'의 관계 설정은 두보의 '층층 구름이 두근거리는 가슴을 쓸어내리고(蕩胸生層雲)'에서 나왔다. 새벽에 축융봉 정상에 도착하여 일출을 경험하면서, 천지의 변화를 '지地', '성星', '천天', '일日' 등의 자연 경물을 동원하여 웅장하게 묘사하였고, 축융봉 정상에서 바라본 동정호를 '반쪽 구기'로 표현하여 형산의 고준함과 시인의 호탕한 기풍을 여지없이 드러내었다. 또한, 가을이지만 축융봉 정상의 한파는 잠자는 용을 꿈틀거리게 할 정도라고 하여, 현장감과 신비감을 동시에 담았다. 시인의 호방한 기백과 원대한 기상이 특히 돋보이는 작품이다.

4. 황산

4.1 황산 소개

황산은 중국 최고 명산 중의 하나로 안후이성 최남단에 있다. 남북으로 길이가 약 40㎞, 동서로 폭이 약 30㎞로서 총면적은 대략 1200㎢이다. 이 중 약 154㎢가 황산의 진수로 알려져 있다. 대부분 화강암으로 이루어진 바위산으로, 오랜 기간

풍화작용으로 인하여 표층이 검어져 일찍부터 "이산黟山"이라는 명칭을 가졌었다. 그러나 헌원황제가 이곳에서 연단鍊丹 수신하여 득도 승천했다는 『주서이기周書異記』에 기록된 전설에 근거하여, 당대 천보 6년(747)에 현종이 개명을 명하여 현재의 "황산"이란 이름을 가지게 되었다. 명대의 유명한 여행가인 서하객은 기송奇松, 괴석怪石, 운해, 온천 등의 '사절'을 보고, "이 세상에는 휘주의 황산만 한 산이 없다. 황산에 오르고 나면 천하에 더 이상 볼 산이 없다(薄海內外, 無如徽之黃山. 登黃山, 天下無山, 觀止矣!)"라고 하였고, "오악에 다녀오면 다른 산을 보지 않고, 황산에 다녀오면 오악을 보지 않는다(五嶽歸來不看山, 黃山歸來不看嶽)"라는 신조어까지 등장하였으니, 황산은 가히 '천하제일의 기상천외한 산(天下第一之奇山)'이자 '인간세상 속의 선경(人間仙境)'라고 말할 수 있다. 모두 72개의 봉우리가 있는데, 연화봉 · 광명정 · 천도봉이 3대 주봉으로 꼽힌다. 1985년 중국여행신문사에서 벌인 여론조사에서 중국의 10대 풍경명승지 중 4위에 뽑혔으며, 산으로는 유일하게 선택되었다. 그리고 1990년에는 UNESCO에 세계문화유산 및 자연유산으로 등록이 되었다.

황산에 대한 기록은 "삼천자도산三天子都山" 혹은 "삼천자장산三天子鄣山"이라는 이름으로 제일 먼저 『산해경』에 보이고, 『수경주』에도 '삼천자도산'이라는 이름으로 기록이 남아 있다. 송대에 이르러 『황산도지黃山圖志』가 처음으로 나오기 시작하여 여러 차례 간행되었으나 모두 없어졌고, 명말 청초의 방망자方望子가 우산虞山의 한 장서가로부터 수집하였다는 송대 무명씨가 지은 『황산도경黃山圖經』만이 유일하게 전한다. 명대에도 최소한 5종 이상의 조판본이 나왔는데, 이 중 만력 47년(1619)에 반지항이 모아서 새긴 『황해黃海』가 유일하게 전한다. 그리고 청대의 『도지圖志』는 모두 6종이 전하며, 최근의 것으로는 민국 연간에 진소봉陳少峰이 편찬하고 상무인서관에서 출판한 『황산지남黃山指南』이 전한다.

현재 남아 전하는 『황산도지』 중 가장 체계적이고 정선된 것이라는 평가를 받는 것은 청대 민린사閔麟嗣가 강희 18년(1679)에 편찬한 『황산지정본黃山志定本』이다. 여기에는 「부시지賦詩志」가 등재되어 있는데 황산과 관련된 시 896수가 수록되어 있다.

4.2 황산 명시 감상

4.2.1 이백

먼저 황산을 대상으로 쓴 시 중 가장 유명하고, 황산을 만천하에 알리는 데 일조한 이백의 「황산의 백아봉 옛집으로 돌아가는 온처사를 보내며(送溫處士歸黃山白鵝峰舊居)」를 보기로 하자.

> 황산은 높이가 사천 길,
> 서른두 개의 연꽃봉우리.

붉은 벼랑에 돌기둥 끼였고,
연꽃봉오리와 금빛 연꽃 모양.
오래전 산꼭대기에 올라,
천목산 노송을 내려다보았고,
선인이 연단하던 곳에는,
하늘 오르며 남긴 자취 있었다.
온백설 얘기 또한 들었으니,
홀로 찾으면 이제는 만나리라.
빼어난 곳 찾느라 오악을 버리고,
절벽 오르면서 숱한 위험 겪으리라.
백아령으로 돌아가 쉬면서,
단사정 물로 목을 축이겠지.
내가 가면 선악이 울릴 테니,
그대는 응당 구름 수레로 맞으리라,
능양산 동편으로 가고 또 가서,
계수나무 숲에서 다니고 또 다니리라.
시내는 수없이 빙빙 돌아들고,
푸른 봉우리는 맑은 하늘에 닿으니,
다음에 다시 그댈 찾으면,
천교에 올라 무지개 밟아 보세.

黃山四千仞, 三十二蓮峰. 丹崖夾石柱, 菡萏金芙蓉.
伊昔昇絶頂, 下窺天目松. 仙人鍊玉處, 羽化留餘蹤.
亦聞溫伯雪, 獨往今相逢. 採秀辭五嶽, 攀巖歷萬重.
歸休白鵝嶺, 渴飮丹砂井. 鳳吹我時來, 雲車爾當整.
去去陵陽東, 行行芳桂叢. 廻谿十六度, 碧嶂盡晴空.
他日還相訪, 乘橋躡彩虹.

시인은 천보 13년(754) 54세 때 선성宣城(지금의 안후이성 선성현) 일대를 두 번째로 유람하였다. 그때 친구인 온처사가 황산의 백아령에 있는 옛집으로 돌아간다기에, 그를 배웅하는 의미로 이 시를 지었다. 온백설은 『장자』에 등장하는 인물로, 공자가 대단히 존경했던 현자인데, 오로지 '온처사'를 칭송하기 위하여 빌려와 사용하였다.

이 시는 크게 두 부분으로 나누어 설명할 수 있는데, 앞 여덟 구는 경물을 묘사하였고, 나머지 열네 구는 감정을 그려내었다. 즉, 서경과 서정으로 구성된 작품이다. 우선 경물 묘사 부분을 살펴보면, 첫 두 구에서는 황산의 높이와 봉우리의 숫자 그리고 봉우리의 모양을 소개했는데, 높이는 사천 길, 봉우리는 서른두 개 연꽃 모양이라 하였다. 그런데 한 길(仞)이 여덟 자(尺)이고, 한 자가 약 33.3cm임을 고려할 때 대략 해발 10,000m가 넘는다는 것인데, 실제로 황산에서 가장 높은 봉우리인 연화봉이 1,864m에 불과하므로, 이백 특유의 과장에서 나온 결과로 보인다. 그리고 연꽃봉우리 숫자를 서른두 개라고 한 것은, 당시에 통용되던 연꽃 모양의 봉우리 숫자가 아닌가라는 생각이 든다. 그 이후, 송대에 나온 『황산도경』에는 "황산에는 서른여섯 개의 봉우리가 있다.……봉우리마다 이름을 붙였다"라고 되어 있다. 현재는 큰 봉우리 36개, 작은 봉우리 36개 모두 72개의 봉우리가 있다고 얘기한다. 그리고 좀 더 가까이서 본 봉우리의 모습은 '붉은 벼랑에 돌기둥 끼였고(丹崖夾石柱)'라고 하였는데, 시각적 형상을 가감 없이 그대로 표현한 것이다. '연꽃봉오리와 금빛 연꽃 모양(菡萏金芙蓉)'이란, 32개의 봉우리를 '연꽃봉오리(菡萏)'와 '연꽃(芙蓉)'으로 둘로 나누어 봉우리의 끝부분이 둥글고 평평하면 연꽃봉오리로, 열려 있으면 활짝 핀 연꽃을 연상하여 표현한 것이라 볼 수 있다. 그리고 난 후, 오래전에 한 번 다녀갔음을 상기시키며 저장성에 있는 최고봉이 해발 1506m인 '천목산天目山'과 비교하여 황산의 드높음을 표현하였고, 아울러 신선이 된 '부구공浮丘公'이 연단술을 익혔다는 연단봉을 노출하여 이곳이 선계로 가는 출발지임을 우회적으로 표현하였다. '연꽃'과 '연단'의 등장은 불교적이면서 도교적 성향이 농후했던 시인의 사상이 다분히 반영되어 나온 결과라고 볼 수 있다.

경물 묘사에 이어 황산으로 돌아가는 온처'에 대한 자신의 정회를 표출하였는데, 선계로 돌아가는 온처사에 대한 부러움과 그곳에서 다시 해후하여 유람을 즐기자는 시인의 기약을 내용으로 삼고 있다. 먼저 '빼어난 곳 찾느라 오악을 버리고(採秀辭五岳)'라고 하여 오악보다 빼어난 황산을 택하여 돌아가는 온처사의 결행을 찬미하고, 이어서 닥칠 험난한 산행을 예상하여 '절벽에 오르면서 어려움 겪으리라(攀巖歷萬重)'라고 하였다. 마침내 그의 목적지이자 옛집이 있는 백아령에 도착하면 우선 단사정의 물을 길어 갈증을 푸는 모습을 상상하였다. 그리고는 이곳을 선계로 간주하여 신선인 왕자교王子喬가 생황을 불어 봉황의 소리를 내었다는 전설에서 '선계의 음악(鳳吹)'을 끌어왔고, 선계의 교통수단인 '구름 수레(雲車)'를 이용하여 온처사와 함께 두자명竇子明이 신선이 되었다는 능양산으로 날아가 계수나무 숲에서 노닐 것을 제안하고 있다. 다시 말머리를 돌려 '시내는 수없이 빙빙 돌아들고, 푸른 봉우리 맑은 하늘에 닿으니(迴谿十六度, 碧嶂盡晴空)'라고 하면서 황산을 하늘과 연결하여, 훗날 함께 '하늘 다리(天橋)'에 올라 무지개를 밟는 선계 유람을 기약하였다.

이상에서 볼 때, 이 시는 서경과 서정으로 구조가 양분되어 있긴 하나, 자세히 고찰하면 서경 부분에도 선인이 등장하여 경물의 인문화 작업이 이루어졌고, 서정 부분에도 황산의 승경이 선계로 이어져 두 사람의 교유에 매개 역할을 하고 있음을 발견할 수 있다. 즉, '정경교융情景交融'이 교묘하게 적용된 훌륭한 시라고 할 수 있다. 또한 황산으로 돌아가는 온처사에게 주는 송별시 형식을 갖추긴 했지만, 결국 이백이 추구한 '의경意境'은 모름지기 신선의 경계에 있음을 알 수 있다.

4.2.2 위수韋綬

위수(생몰년 미상)는 자가 자장子章이고, 경조京兆(지금의 시안)이다. 당대 사람으로 명경과에 발탁되어 동도막부東都幕府가 되었다. 덕종 때는 한림학사를 지냈으며, 좌산기상시를 지냈다. 그의 시 「군치루에서 황산을 바라보며(郡治樓望黃山)」를 보기로 하자.

군치루에서 북녘을 바라보면 봄빛이 더없이 좋고,
넓은 평야 구름 없는 가을 하늘은 넓기만 하다.
맑은 기운 상쾌할 때란 속세 밖에서 느낄 수 있고,
푸른 구름 날리는 곳이란 고요함 속에서 보인다.
천 길 높이를 서로 다투다 다른 산들이 양보하니,
세 봉우리만 더불어 빼어나 산빛 또한 싸늘하다.
이름 지어 서악이라 불렀으니 나무라지 말지어다.
잠시 먼발치 바라보면 장안에 가까울 수 있으니.

郡齋北望春光好, 平楚無雲秋望寬.
淸氣爽時塵外見, 碧雲飛處靜中看.
爭高千仞山皆讓, 幷秀三峰色也寒.
莫怪寓名同嶽號, 暫圖瞻眺近長安.

이 시는 원화 4년(809) 흡주자사歙州刺史로 부임한 위수의 작품으로, 앞에서 본 이백의 시보다 약 오십오 년 뒤에 나온 것이다. 이 시는 흡주(지금의 안후이성 흡현) 성안의 군치루에서 본 황산의 모습을 시인의 정회에 덧붙여 묘사한 것으로, 사령운으로부터 시작된 중국 전통 산수시의 결구 형태, 즉 여섯 구의 서경에다 두 구의 서정을 보태는 형태를 그대로 답습한 작품이다.

우선 경물을 묘사한 앞 여섯 구를 보면, 첫 두 구에서 봄의 풍광과 가을의 경관을 차례로 묘사하였는데, 이것은 어느 한순간에 느낀 인상을 표현한 게 아니라 자사로 부임하여 봄가을을 보내고 난 뒤의 오랜 경험적 인상을 표현하였다고 할 수 있다.

여기서 '넓은 평야 구름 없는(平楚無雲)' 가을 풍경은 누대에 올라 눈에 들어온 것을 여과 없이 표현한 단순한 시각적 의상이다. 그리고 제3·4구는 시간과 장소를 이용한 적절한 대구처럼 보이나, 노장과 불교의 철리를 내용으로 하는 현언시玄言詩의 시어 즉, '청기淸氣', '진외塵外', '정중靜中' 등의 사용으로 생명력 있는 산수의 의상을 구현하는 데는 실패했다. 그러나 오묘한 이미지를 창출하는 데는 효과가 있다고 볼 수 있다. 그다음 제5구에는 높이 솟은 '황산'을 표현하기 위해 '천 길 높이를 서로 다투다 다른 산들이 양보하니(爭高千仞山皆讓)'라는 의인화된 수법을 사용하였고, 제6구에서는 빼어난 세 봉우리 즉, 연화봉·천도봉·광명정을 내세우기 위해 '산빛 또한 싸늘하다(色也寒)'라는 감각적 언어를 수용한 것은 경물 묘사에 감정을 이입한 좋은 예라 할 수 있다. 마지막 두 구는 시인의 마음이 어디에 있는가를 여실히 드러낸 것으로, 황산을 "서악 화산"이라고 부르고 싶은 자는 바로 자신이며, 그렇게 부르고 싶은 이유는 장안으로의 복귀를 학수고대하기 때문이다. 이러한 정치적 복심이 작용한 결과, 일견 좋았던 그의 산수시는 씁쓸한 뒷맛과 개운찮은 인상을 지울 수 없다.

4.2.3 서사徐師

서사(생몰년 미상)는 일찍이 통판흡주通判歙州를 지냈다. 그의 시 「누각에 올라 황산을 바라보며(登樓望黃山)」를 보기로 하자. 이 시는 앞의 시 즉, 위수의 시와 관찰지점은 같으나 정회와 태도가 완전히 대조되는 작품이다.

황산 누각에 올라 황산을 바라다볼 뿐
물과 돌 구름과 안개 아직 오르지 못했도다
서른여섯 봉우리 나를 보고 웃는데
어수선한 세상사에 언제나 한가로울까?

黃山樓上望黃山, 水石雲霞未得攀.
三十六峰應笑我, 紛紛塵事幾時閑.

이 시 역시 누각에서 황산을 바라보며 느낀 소회를 적은 것인데, 가식이나 조탁이 전혀 없이 '절로 절로' 엮어진 자연스러운 느낌을 준다. 먼저 '물과 돌(水石)' 그리고 '구름과 안개(雲霞)'가 황산을 대표하는 주요 경물로 등장하는데, 모두 자연물을 대표하는 것이긴 하지만 특히 황산에 어울리는 이유는, 이곳이 돌산인 데다 비가 잦고 이로 인하여 생기는 구름안개가 자주 산을 에워싸기 때문이다. 또한, 서른여섯 개의 봉우리가 시인을 향해 웃는다는 것은 자신을 환대하는 것처럼 스스로 느낀다는 것인데, 황산에 오르고 싶은 욕망을 우회적으로 표현한 것이다. 그런데 시인은 세상사 어지럽게 돌아가는 속세에서 황산에 오를 여유조차 없으니 답답할 뿐이다. 위수의 시가 아름다운 자연경관을 감상하면서도 속세에서 벗어나지 못하는 감정을 드러내지만, 이 시는 세상사로 인해 아름다운 자연경관을 즐기지 못하는 아쉬움을 자연스럽게 풀어 놓았다.

4.2.4 우덕회于德晦

우덕회(생몰년 미상) 역시 흡주자사를 지냈다. 그의 시 「흡군의 황산 누각에서, 북쪽 황산을 바라보니, 산의 모양이 가운데가 갈라져 거대한 문의 형상과 같아, 절구 한 수를 써서 붙이다(歙郡有黃山樓, 北瞰黃山, 山勢中拆若巨門狀, 因題一絶)」를 보기로 하자. 이 시 역시 누각에서 황산을 바라보며 지은 작품으로, 누각에 써서 붙이기 위해 이 시를 지었다.

검은 봉우리에 비친 푸른색은 하늘에서 흘러왔고,
푸른 하늘은 아래로 떨어져 가을을 활짝 열었다.
붉은 난간에 한가롭게 기대어 자주 북쪽을 바라보다,
단지 그 이름을 지어야겠기에 "거문루"라 하였다.

黟峰翠色自天流, 直下青冥豁素秋.
閑依朱欄頻北望, 只宜名作巨門樓.

이 시의 제목은 마치 서문처럼 시작 동기를 상세하게 설명하고 있다. 앞의 두 구가 경관을 묘사하고, 뒤의 두 구는 사실을 기술하였는데, 이 시에서 '거문루'가 시제의 역할을 한다면, '활짝(豁)'자는 바로 시안詩眼에 해당한다. 그리고 주목해야 할 시어는 '검은 봉우리(黟峰)'이다. 당대 천보 6년(747)에 "황산"으로 개명하기 전까지는 산이 검다고 하여 "이산黟山"이라고 불렀기에, 시인은 황산의 특색인 '검다(黟)'의 의미를 최대한 살리고자 했다. 그래서 '검은 봉우리'가 맨 앞에 등장한다. 그런데 이것이 '푸른색(翠色)'으로 바뀔 만큼의 획기적인 변화에는 푸른 하늘의 도움이 필요하고, 또한 '푸른 하늘'이 아래로 떨어질 만큼의 위력이 있어야만 '가을'이 활짝 열리기 때문에, '검은 봉우리'는 '푸른 하늘'을 끌어내기 위한 시동이자 반석 역할을 했음을 알 수 있다. 그리고 푸른 하늘이 드러나는 봉우리 사이가 마치 '우화등선'하며 통과하는 거대한 문처럼 여겨져, 아예 자기가 황산을 바라보며 서 있는 누각에다 "거문루"라는 이름을 지어 붙였다. 서경과 서사가 조화를 이룬 독특한 작품이다.

4.2.5 임우任宇

당대 임우(생몰년 미상)의 「신안군에서 백여 리 떨어진 황산에, 서북쪽으로 우뚝 솟은 봉우리가, 화산과 상당히 유사하여, "소화산"이라 불렀다. 이전에도 군수와 재사들이 지은 시가 대단히 많은데, 뜻밖에 이 누각에 올라, 절구 한 수를 지었다(新安郡北百餘里卽黃山, 西北有峰高出, 頗類大華, 因目爲小華山. 前郡守才客題詠至多, 偶登斯樓, 因成一絶)」를 보기로 하자.

눈비 그친 뒤 동관으로 통하는 길에서,
선장봉을 또렷이 몇 번인가 마주쳤다.

예상했듯이 신안군 누대 위에서는,
황산 깊은 곳 세 봉우리가 보이는구나.

雪晴雨霽潼關道, 仙掌分明幾度逢.
可料新安郡樓上, 黃山深處見三峰.

이 시의 제목도 앞의 시와 마찬가지로 시를 쓰게 된 동기를 상세하게 설명하고 있다. 그런데 시의 내용은 정말 무미건조하다. 경물 묘사도 감정 서술도 없이 단지 지신의 눈에 들어온 시각적 사실관계만을 언급하였다. 하지만 이 시의 행간에는 황산을 제대로 보았으면 하는 욕망과 황산 깊은 곳에 있는 세 봉우리를 보았다는 충만감이 내재 되어 있다. 동관을 지나가면서 선장봉을 몇 번 보긴 했지만, 황산의 참모습을 보지 못해 언제나 아쉬웠는데, 뜻하지 않게 황산이 보이는 신안군의 누각에 가게 되어, 꿈에 그리던 황산의 주봉인 세 봉우리를 볼 수 있었다는 내용이다. 아주 독특한 작품이다.

4.2.6 류월간柳月澗

송대 류월간(생몰년 미상)의 「화산사에서 황산을 보며(花山寺看黃山)」 제1수를 보기로 하자.

푸른빛 짙으니 나무마다 봄기운 가득하고,
깊은 정회에는 응당 대나무가 함께 한다.
황산은 단지 난간 밖 저만치 있긴 하나,

시내 옆 누각에 구름 깊어 참모습 알 수 없다.

翠色沉沉萬樹春, 幽懷宜共竹爲鄰.
黃山只在闌干外, 溪閣雲深認不眞.

이 시는 자기가 서 있는 화산사의 봄날 정경과 어슴푸레 보이는 황산의 모습을 두 구씩 나누어 그렸다. 화산사 주위는 푸른빛으로 봄기운이 가득하고, 이웃에 대나무가 있어 그윽한 정취가 함께 한다. 하지만 난간 밖에는 황산이 저만치 가까이 있긴 한데, 누각 주위가 구름에 에워싸여 참모습을 보기 어렵다. 짧은 칠언절구지만 절묘한 대조로, 화산사 주변의 정경은 뚜렷하고, 황산의 모습은 감춰져서 신비로움이 더욱 배가되었다. '화산사'는 지금의 '송산사松山寺'이다. 황산 북쪽 산기슭에 있다.

4.2.7 정중청程仲淸

원대 정중청(생몰년 미상)의 「송곡암에서 노닐다 황산을 바라보니(遊松谷庵望黃山)」를 보기로 하자.

암자 앞에서 잠시 산 정상 바라보니,
동부에 구름 깊어 옥루가 숨었도다.
신선과 팔짱 끼고 하늘 날고 싶으나,
우연히 늙은 나무꾼 만나 얘기가 길어졌다.
바위샘에서 맑은 물 솟고 하늘에서 비 내리니,
송곡암에는 서늘한 기운 생겨 유월이 가을이다.

양 소매에 맑은 바람 돌아가는 길 늦었으니,
이 몸은 무엇이 달라 영주에서 사는 걸까?

庵前少立望峰頭, 洞府雲深隱玉樓.
欲挾飛仙遊汗漫, 偶逢樵叟話綢繆.
巖泉晴噴中天雨, 松谷凉生六月秋.
兩袖淸風歸路晩, 此身何異在瀛州.

앞 네 구는 첩장봉 아래에 있는 송곡암에서 황산을 바라보며 느낀 정회를 표현하였고, 뒤 네 구는 송곡암의 가을 분위기와 더불어 자신의 현재 처지를 탄식한 것이라고 할 수 있다. 먼저 황산에 대한 묘사를 앞의 시 즉, 류월간의 시와 대조해 보면, 두 시 모두 구름 때문에 형체를 제대로 파악할 수 없지만, 앞의 시는 '참모습 알 수 없다(認不眞)'로 끝을 맺어 전적으로 독자의 상상에 맡겼지만, 이 시는 더 나아가 그곳을 선계로 묘사하여 독자를 안내하였다. '동부洞府'는 도교에서 말하는 신선 거주처이고, '옥루玉樓'는 상제나 신선이 머무는 곳이며, '비선飛仙'은 날아다니는 신선으로 모두 선계와 관련 있는 용어들이다. 그러나 신선과 팔짱 끼고 하늘을 날고 싶으나 은사인 늙은 나무꾼과의 우연한 만남으로 욕망을 실현하지 못한다. 사실은 실현할 수 없는 상상의 일을 은사와의 만남을 핑계로 거두어들인 것인지도 모른다. 그래서 다시 현실로 돌아와 주위를 살피면서 바위에서 샘솟고 하늘에서 비 내리는 송곡암의 서늘한 가을 분위기를 얘기하며 돌아갈 시간이 되었음을 알리고, 그의 일터인 영주의 삶을 통해 현실에 대한 강한 회의를 피력한다. 선계인 황산에서 유람지인 송곡암으로, 다시 근무지인 영주로 장소를 옮겨가며, 상상에서 현실로 돌아온 자신의 씁쓸한 정회를 공간의 이동으로 표현한 독특한 작품이다. '영주瀛州'는 지금의 허베이성 허젠河間시이다.

4.2.8 장규張逵

명대 장규(생몰년 미상)의 「만산 서상헌에서 황산을 바라보며(萬山西爽軒望黃山)」를 보기로 하자.

> 기이한 봉우리 하늘 밖으로 다투듯 솟았으니,
> 저녁 무렵 난간에 기대어 보면 가장 멋지도다.
> 초와 오 지역의 광활한 땅에서 더없이 빼어나고,
> 별과 달의 하늘 끝 추운 곳까지 푸르게 솟았도다.
> 오래된 못에 천둥 치니 창룡이 몸을 일으키고,
> 신선 사는 동굴에 구름 깊으니 백학이 돌아온다.
> 언젠가 넝쿨 잡고 산의 맨 꼭대기에 오른다면,
> 헌원황제의 뒤를 좇아가 선단을 찾으리라.
>
> 奇峰天外競巑屼, 向晩憑欄最好看.
> 秀出楚吳千里逈, 翠摩星月九霄寒.
> 古潭雷迅蒼龍起, 仙洞雲深白鶴還.
> 何日捫蘿登絶頂, 擬從軒后覓金丹.

앞 네 구는 황산의 정경을 묘사하였고, 뒤 네 구는 선계의 모습과 자신의 욕망을 표현하였다. 서상헌에서 바라본 황산은 좋기도 하지만 드높기 그지없다. 그래서 '하늘 밖(天外)'과 '하늘 끝(九霄)'이 등장하였다. 이것은 매우 높다는 의미이기도 하지만, 선계로 통하기 위한 구실이기도 하다. 산수 자연의 정경은 하루 중 저녁때가 가장 좋은데, 도연명도 「음주시飮酒詩」 제5수에서 '산의 기운은 저녁나절이 가장 좋고, 날던 새들도 서로 더불어 돌아온다(山氣日夕佳, 飛鳥相與還)'라고 이미 서술한 바 있다. 그리고 '천둥 치니(雷迅)'와 연결하여 창룡이 몸을 일으키고, '구름 깊으니(雲深)'와 연결하여 백학이 돌아오는 것은, 선계의 '동動'과 '정靜'의 상태를 내세워 선계의 모습을 함축하여 묘사하고자 하였다. 마지막 두 구는 장생불사를 위한 혹은 신선이 되기 위한 자신의 욕망을 표출하였는데, 이를 위해서는 황제를 쫓아 선단을 구하는 것이 가장 확실한 방법이다.

4.2.9 호패연胡沛然

명대 호패연(생몰년 미상)의 「약령고도를 지나며 황산을 바라보니(度箬嶺望黃山)」를 보기로 하자.

> 꼬불꼬불 험한 산길이 푸른 산을 빙 두르고,
> 난새 울음소리 한 번에 저녁노을 떨어진다.
> 산속 기운이 구름 피워 비가 어지럽게 날리고,
> 샘물 소리가 나무 떨쳐 꽃이 반만 피었도다.

산속 깊숙이 도달하니 마음에 즐거움 생기고,
어지러운 세상 떠나니 살쩍이 화사하게 올라오네.
서른여섯 봉우리가 가까운 곳에 보이니,
황제의 뒤를 좇아 선단인 주사를 물어봐야지.

千回鳥道縈青嶂, 一嘯鸞音落彩霞.
山氣出雲渾作雨, 泉聲拂樹半成花.
到來丘壑酬心賞, 別去風塵上鬢華.
三十六峰看咫尺, 欲從軒后問丹砂.

앞 네 구는 약령고도를 지나가며 여러 감각으로 경험한 그곳의 경관을 비교적 소상하게 묘사하였다. 푸른 산을 빙빙 돌며 난 꼬불꼬불한 산길, 난새 울음소리 들리자 사라지는 저녁노을, 모두 하루 내내 약령고도를 지나가며 저녁을 맞이한 시인의 인상 스케치이다. 그리고 도중에 산속에서 구름이 생겨 만난 비와 샘물 소리로 인해 꽃이 반쯤 핀 나무를 사실적으로 묘사하였다. 제1·2구가 원경遠景이라면 제3·4구는 근경近景이라 할 수 있고, 시각적인 것과 청각적인 것을 조합하여 한 연씩 만들었다. 그리고 '千'과 '一'의 대조는 복잡하면서도 단순한 자연계의 현상을 드러내고, '난새 울음소리'의 등장은 이곳이 선계임을 암시한다. 또한 '구름'에서 '비'로, '나무'에서 '꽃'으로의 전환에서, '많음(渾)'과 '적음(半)'의 상반된 어휘를 구사함으로써 변화무쌍한 자연계의 현상을 표출하였다.

뒤 네 구는 산속 깊숙이 들어간 후의 감정을 표현한 것인데,

‘자연(丘壑)’과 ‘속세(風塵)’를 상대적으로 사용하면서, 전자는 도착지점으로 후자는 출발지점으로 하여 자연으로의 귀의를 강조하였다. 그리고 ‘마음에 즐거움이 생기고(酬心賞)’나 ‘살짝이 화사하게 올라오네(上鬢華)’ 등의 시어는, 전자는 ‘자락’을 후자는 ‘자족’을 표현한 것으로, 이는 도식적인 표현 유형을 벗어나 매우 참신한 맛을 준다. 그리고 황산의 서른여섯 개 봉우리를 지척에서 보면서 불로장생을 꿈꾸고 신선을 흠모하여, 황제를 쫓아 선단의 주사朱砂를 구하려는 욕망을 드러내었다. 앞의 시에서도 거론하였듯이, 이런 욕망은 당시 명사들에게 유행한 지극히 보편적인 생각이었다. ‘약령고도箬嶺古道’는 흡현성의 서북쪽에 있는 허촌許村에서 시작하여 황산시의 담가교진譚家橋鎮에 이르는 전장 30리의 옛길이다.

4.2.10 정산程珊

명대 정산(생몰년 불상)의 「상부사에 눈이 온 후 황산을 바라보며(祥符寺雪後望山)」를 보기로 하자.

> 사방을 둘러보니 온 산이 눈으로 가득한데,
> 갓옷에다 지팡이 짚고 선사의 문을 나섰다.
> 구름 깊어 때때로 봐도 사람 흔적 끊어졌고,
> 숲이 어두워 오로지 소로를 따라 돌아왔다.
> 나무가 빛으로 이어져 봉우리까지 새하얗고,
> 내린 눈이 점처럼 날아 살짝 먼저 얼룩졌다.

은빛 바다인 삼천세계조차 안중에 없지만,
선계를 바라보며 못 오르니 한탄스러울 뿐.

四顧漫漫雪滿山, 披裘策杖出禪關.
雲深時見人縱絶, 林暝惟從鶴徑還.
萬樹光連峰盡白, 六華飛點鬢先斑.
眼空銀海三千界, 悵望仙居不可攀.

시인은 상부사에서 머물다가 눈 덮인 황산의 모습을 보고, 홀로 절을 나서서 실제로 체험한 것을 시로 옮겼다. 처음 두 구는 눈 내린 상부사의 주위 경관과 절을 나서는 자신의 모습을 그렸다. 근체시는 첩자를 허용하지 않는 것이 원칙인데, 첫째 구에 첩자인 '광활하다(漫漫)'를 사용하고, 다시 '가득하다(滿)'를 써서 온 세상천지가 하얗게 눈으로 덮여 있다는 사실을 강조하였다. 그리고 갓옷 걸치고 지팡이 짚으며 나서는 자신의 모습을 드러낸 것은 스스로 은사의 삶을 유지하고 있음을 암시한다. 선사의 관문을 나선 뒤, 구름 깊은 산속 골짝에 도착해 보니 인적조차 없어 숲속 어두운 곳에 나 있는 작은 길을 따라 선사로 돌아왔다. 여기서 구름이 깊고 숲속이 어두운 것은 모두 황산 골이 깊고 산림이 울창함을 대변한다. 그리고 '학경鶴徑'은 '은사들이 다니는 작은 길'을 의미하므로, 앞에 언급한 갓옷 걸치고 지팡이 짚은 자신의 모습과 일치한다. 상부사로 돌아온 시인은 눈으로 덮인 나무가 수없이 이어져 봉우리까지 새하얗게 변한 황산을 다시 언급하면서, 주위에 흩날리는 한 점의 눈도 놓치지 않고 눈으로 얼룩진 자신의 살쩍도 섬세하게 표현하였다. 즉, 원경과 근경의 절묘한 조화이다. 그리고 그가 마지막으로 언급한 것은 넓디넓은 삼천세계조차 안중에 없지만, 선계인 황산을 눈 때문에 오르지 못하는 것은 정말 한스러운 일이라고 개탄한다. 불교의 삼천세계[26]와 도교의 신선세계를 비교하여 자신이 갈구하는 지향점이 무엇인가를 확실히 밝혔다. 절에 머물면서 선계를 희구하는 시인의 태도가 매우 아이러니하다. '상부사'는 자석봉 아래에 있으며, 당 개원 18년(730)에 지만선사志滿禪師가 처음으로 지었다. 송 대중상부 원년(1008)에 진종의 명으로 '상부사'라는 이름을 갖게 되었다.

4.2.11 정진鄭震

송대 정진(생몰년 불상)의 「새벽에 황산을 바라보며(曉看黃山)」를 보기로 하자.

> 기이한 봉우리 서른여섯 개,
> 선녀의 푸른 쪽 찐 머리인 듯.
> 태양과 구름 사이의 나무,
> 인간세계와 하늘 사이의 산.
> 천하 사람들이 함께 우러르고,

26) 소천小千·중천中千·대천大千세계를 말한다. 수미산을 중심으로 해와 달과 사방 천지를 한 세계라 일컫고, 이것을 천 배 한 것을 소천세계, 소천세계를 다시 천 배 한 것을 중천세계, 중천세계를 다시 천 배 한 것을 대천세계라 한다.

천 년을 사는 학이 돌아오는 곳.
저 먼발치에 나무꾼이 보이니,
구름 헤치고 돌문을 넘어간다.

奇峰三十六, 仙子結青鬟. 日際雲頭樹, 人間天上山.
九州人共仰, 千載鶴來還. 遙見樵蘇者, 披雲度石關.

이 시는 '기이한 봉우리 서른여섯 개(奇峰三十六)'로 시작한다. 그런데 사실 시인의 눈에는 서른여섯 개의 봉우리가 다 보일 리가 없다. 황산 서른여섯 개 봉우리를 모두 동원하여 거론했을 뿐이다. 그리고 선녀의 푸른 쪽 찐 머리로 비유하였는데, 여기서 선녀를 먼저 등장시킨 것은 황산이 선계라는 복선이 깔렸다. 또한, 봉우리의 '푸름'과 비유의 산물인 '쪽 찐 머리'가 결합하여 '푸른 쪽 찐 머리(青鬟)'가 되었는데, 실제 경물과 상상 경물이 결합하여 생기 넘치고 맵시 있는 고운 형상으로 승화되었다. 그리고 태양과 구름 사이의 나무와 인간세계와 하늘 사이의 산은 모두 고준한 황산의 모습을 경탄스러운 감정을 담아 묘사한 것인데, 온 세상 사람들이 우러러보고 천 년을 사는 학이 돌아온다는 것은 곧 선계를 의미한다. 그래서 먼발치에서 구름 헤치고 바위 사이를 넘어가는 나무꾼의 모습을 보고, 마치 선계로 들어가는 듯한 착각을 일으킨다. 이러한 착각은 곧 선계를 갈구하는 시인의 욕망이 작용한 결과이다.

5. 아미산

5.1 아미산 소개

중국은 서고동저의 지형이기에, 옛날 '파촉巴蜀'으로 통했던 쓰촨성에는 높은 산이 즐비하다. 그중 하나인 아미산은 총면적이 154㎢이고, 최고봉인 만불정萬佛頂은 해발 3,099m이다. 아미산을 흔히 '수갑천하秀甲天下' 혹은 '아미천하수峨眉天下秀'라고 하여, 산세의 특징을 '빼어남'이라는 의미인 '秀' 한 글자로 귀결하였다. 보현보살의 아미산은 문수보살의 오대산(산시성), 지장보살의 구화산(안후이성), 관음보살의 보타산(저장성)과 더불어 중국 4대 불교 명산으로 꼽힌다. 아미산에는 현재 불교 사원이 약 30개가 존재하는데, 이 중 8대 사원으로 꼽히는 것이 보국사報國寺, 복호사伏虎寺, 청음각淸音閣, 만년사萬年寺, 홍춘평洪春坪, 선봉사仙峰寺, 세상지洗象池, 화장사華藏寺 등이다. 특히 근래에 금정사金頂寺에 높이 48m의 사면십방보현좌상四面十方普賢座像이 관광객들의 눈길을 끈다.

5.2 아미산 명시 감상

5.2.1 이백

그의 시 「아미산 달 노래峨眉山月歌」라는 작품을 보기로 하

자. 자신의 고향인 촉 지역을 처음으로 벗어난 25세(725) 때 지은 작품이다. 의기가 충천하고 공명심이 충만하여 세상이 좁아 보이는 시기였다.

> 가을밤 아미산 위로 반달이 솟았는데,
> 그림자가 평강강에 들어 물결 따라 흐른다.
> 밤에 청계를 출발하여 삼협으로 향하니,
> 그대 그리워도 보지 못하고 유주로 내려간다.

> 峨眉山月半輪秋, 影入平羌江水流.
> 夜發淸溪向三峽, 思君不見下渝州.

이 시의 주요 제재는 아미산 달이다. 시인은 배를 타고 청계[27]를 출발하여 삼협[28]으로 향하면서 아미산의 달을 매개로 자신의 심정을 담았다. 앞의 두 구는 아미산 달과 평강강[29]에 비친 달그림자를 통해 최고의 경관을 만들어냈고, 뒤의 두 구는 미지의 세계로 향하면서 고향을 떠나는 아쉬움과 고향을 향한 그리움을 동시에 담고 있다. 제1구의 '가을(秋)'은 시점을 밝히는 동시에, 환하게 비치는 달빛의 아름다움을 극대화하는 효과를 가져왔다. 그리고 어순에 맞지 않게 마지막에 배치한 것은 압운에 따른 도치의 결과이다, 제2구에 동사 '入'과 '流'

27) 지금의 낙산시 관묘향關廟鄕 판교촌板橋村이다.

28) 장강의 구당협瞿塘峽, 무협巫峽, 서릉협西陵峽을 가리킨다.

29) 아미산 동북쪽에 있는 지금의 청의강靑衣江이다.

가 이어서 등장하는 연동형의 구법은, 강물 따라 달그림자도 함께 흘러가는 착각을 불러일으켜 생동감을 줄 뿐 아니라 자연의 신비로운 조화 또한 느끼게 한다. 마지막 구의 '그대 그리워도 보지 못하고(思君不見)'는 떠나는 아쉬움과 고향에 대한 그리움을 드러낸 것으로, '그대(君)'는 고향의 대표적 자연경관인 아미산의 반달을 의인화한 것이다. 또한, 달이란 공간을 초월하여 존재하는 자연 경물로서 그리움을 전하는 매개물로 이미 인식되고 있다. 오언율시와 같은 짧은 시에서는 보기 드물게 다섯 개의 지명(아미산, 평강강, 청계, 삼협, 유주[30])이 등장했지만, 고향에서 점점 멀어지는 것을 지명을 이용하여 서술함으로써, 아쉬움과 그리움을 교묘하게 담아 천고의 절창이 되었다. 명대 왕세정은 이백의 경지가 바로 이런 점에 있다고 하였다.

다음은 「아미산에 올라(登峨眉山)」라는 작품을 보기로 하자.

촉나라에 선산이 많지만,
아미산과는 비교가 안 된다네.
두루 돌아다니다 올라가 보면,
정말 기이하여 어찌 다 설명하리?
푸르고 그윽하여 하늘에 솟았고,
빛은 뒤섞여 그림인가 의심 드네.
경쾌하게 올라 붉은 노을을 완상하다,
끝내 신선이 되는 도술을 터득했네.
구름 속에서 옥피리 불고,

30) 지금의 중경重慶시 일대를 말한다.

바위 위에서 거문고 타니,
평소에 작은 소망 있었으나,
웃고 즐기며 이것으로 족하도다.
구름 기운이 얼굴에 있는 듯하니,
속세의 번뇌가 돌연 사라지는구나.
만약 양을 타고 있는 자 만나면,
손잡고 해를 넘어 날아가리라.

蜀國多仙山, 峨眉邈難匹. 周流試登覽, 絶怪安可悉.
青冥倚天開, 彩錯疑畫出. 泠然紫霞賞, 果得錦囊術.
雲間吟瓊蕭, 石上弄寶瑟. 平生有微尚, 歡笑自此畢.
煙容如在顔, 塵累忽相失. 倘逢騎羊子, 攜手凌白日.

이백은 쓰촨성에서 총 24년을 살았다. 여러 차례 아미산을 방문했으나 정확하게 고증된 바는 없다. 수나라 때는 수산綏山, 화인산鏵仞山, 화산花山 등이 현재의 아미산과 서로 이어져 있어 모두 "아미산"이라고 불렀다. 그리하여 "대아大峨", "이아二峨", "삼아三峨", "사아四峨"라고 하였다. 청두에서 멀리 보면 대아와 이아가 서로 이어진 것이 마치 여인의 예쁜 눈썹과 같다고 하여 "아미산"이라 불렀다. 아미산의 명칭은 이렇게 해서 생겼다. 이백은 '이아' 즉, '수산'에 올라 이 시를 지었다.

이백이 아미산과 관련하여 쓴 시는 약 이십여 편인데, 이 시는 청년 시기인 24세 때 지었다. 앞 여섯 구는 아미산의 산세와 절경을 묘사하였고, 뒤 열 구는 신선을 통한 초세적 갈망을 표출하였다. 첫째 연에 등장하는 '선산仙山'과 '아미산(峨眉)'

은 시인의 마음이 어디에 있으며, 시가 어떻게 전개될지 미리 감지할 수 있는 키워드이다. 시인은 아미산을 촉 지역 최고의 선산으로 단정하고, '절괴絶怪'라는 두 글자로 그곳의 기이한 절경을 표현하였다. 또한, 이 산 저 산 다니다 아미산에 올라와 보면 도저히 설명할 길이 없다면서도, '푸르고 그윽하여 하늘에 솟았고, 빛은 뒤섞여 그림인가 의심 드네(青冥倚天開, 彩錯疑畵出)'라는 두 구로 단순 축약하였다. 더 이상의 표현은 불필요하다고 여겼기 때문일 거다. 그리고 제7구의 '자하紫霞'는 뜻으로만 보면 '붉은 노을'이지만, 도가에서는 신선이 타고 다니는 것으로 인식하기 때문에, 제8구의 '금낭술'[31] 즉, '신선이 되는 도술'과 연결이 되었다. 그리하여 마침내 신선 세계로 진입한다. 구름과 옥피리, 바위와 거문고를 내세워 선계의 일상을 상상하면서 신선에 대한 갈망을 내비치고, 평소의 조그만 소망이 여기서 웃고 즐기면서 이루어진다고 생각하였다. 얼굴 가득한 구름 기운으로 세상의 번뇌를 잊고, 나아가 신선을 만나 하늘을 마음껏 자유자재로 오르내리고 싶은 욕망이 생겼다. 신선이 되고자 하는 시인의 궁극적 욕망이 마지막 연에 노골적으로 분출되었다. '시선詩仙'으로 통하는 시인의 명성이 충분히 발휘된 작품이다. '양을 탄 자(騎羊子)'는 주나라 성왕 때 목양

31) 한 무제는 서왕모가 준 『오진도五眞圖』와 『영광경靈光經』 그리고 상원부인이 준 『육신영비십이사六申靈飛十二事』를 묶어 한 권으로 만들었다. 그리고 여러 경전과 그림도 함께 황금 상자에 넣고 백옥함으로 봉한 후, 산호를 굴대로 하고 붉은 비단으로 주머니를 만들어 백양대 위에 안전하게 두었다. 이것이 바로 '금낭'이다. 도교서를 넣어 보관하는 주머니이므로, '금낭술'은 '금낭에 든 도술' 즉, '신선이 되는 도술'을 의미한다.

木羊을 만들어 판 '갈유葛由'를 가리킨다. 그가 양을 타고 촉나라로 들어갔는데, 왕후와 귀족들이 그를 쫓아 수산綏山으로 올라갔다. 그들은 모두 돌아오지 않고 신선이 되었다고 한다.

5.2.2 잠삼岑參

잠삼(715~770)은 당대 남양南陽(지금의 허난성 신야新野) 사람으로, 천보 3년(744)에 진사에 급제하였다. 변경지역으로 종군하여 오랫동안 머물며 체득한 경험과 감회를 시로 표현하여 중국 최고의 변새파 시인이 되었다. 그는 만년인 766년에 승상 두홍점杜鴻漸을 수행하여 청두에 도착한 후, 이듬해(767) 7월부터 약 1년간 가주嘉州(지금의 낙산시)자사를 지냈다. 결국에는 장안으로 돌아가지 못하고 청두에서 죽었다. 그의 시 「아미산 동쪽 기슭 강가에 다가가 원숭이 소리 들으며 이실의 옛집을 생각하다峨眉東脚臨江聽猨懷二室舊廬」를 보기로 하자.

아미산 산빛이 새롭게 푸르니,
어젯밤 비바람이 씻어준 덕분.
산봉우리의 나무가 분명한데,
가을 강바닥에 거꾸로 꽂혀 있네.
이실과 오래 떨어져 있는 건,
타지에서 벼슬을 도모했기 때문.
슬픈 원숭이 소리 들을 수 없어,
북으로 간 나그네 눈물 흘리네.

峨眉烟翠新, 昨夜風雨洗. 分明峰頭樹, 倒插秋江底.
久別二室間, 圖他五斗米. 哀猿不可听, 北客欲流涕.

이 시는 제목을 보면 내용을 짐작할 수 있다. 만년에 쓰촨 지역에 살면서 아미산을 방문하여 지은 것으로, 아미산 동쪽 기슭에 있는 강가에 다가가서 원숭이 소리를 듣다가 '이실二室'에 있는 옛집을 생각하였다. '이실'은 시인의 고향인 허난성에 있는 '태실산太室山'과 '소실산少室山'으로, 모두 중악인 숭산에 속해 있는 산이다. 예로부터 은일 장소로 손꼽히는 곳이다.

어젯밤 비바람이 불더니 아침이 더욱 맑다. 떠다니는 구름은 푸른 하늘에 물들어 비췻빛을 띤다. 멀리 산봉우리에 서 있는 나무도 분명하게 보이고, 강물에 비친 나무 그림자도 마치 강 바닥에 거꾸로 꽂힌 듯 선명하다. 아미산의 가을 정경을 하늘과 산 그리고 강물을 통해 묘사하였다. 아미산 동쪽 끝자락 강가에 도착한 시인은 문득 원숭이 소리를 들었다. 시인은 출사하기 위해 일찍이 장안에 올라왔으나, 30세가 되어서야 겨우 진사에 합격하였다. 그리하여 안서 신장성 투루판 근처 절도사 서기관으로 두 번에 걸쳐 북서 변경의 사막지대에 종군하였다. 그러다 보니 자연과 더불어 사는 여유로운 생활 자체가 쉽지 않았다. 만년에 아미산을 찾은 시인은 자신의 인생역정을 돌이켜 보며 고향에 대한 향수와 회한의 심정을 이 시의 후반부에 담았다. '북객北客'은 시인 자신이고, '슬픈 원숭이(哀猿)'와 '눈물 흘리다(流涕)'를 통해 그의 심정을 드러내었다.

5.2.3 설능薛能

설능(817~880)은 만당의 저명한 시인이다. 함통 5년(864)에 검남서천절도부사劍南西川節度副使로 발령받아 청두에 살았다. 함통 7년(866) 4월에는 형부원외랑의 자격으로 가주자사를 대행하였으나, 다음 해 해임되어 청두를 거쳐 장안으로 귀속하였다. 함통 7년(866) 아미산에서 직접 경험한 것을 쓴 「아미산 성등(峨眉聖燈)」을 보기로 하자.

한없이 넓은 밤하늘에 수많은 등불,
보고 있노라니 흐릿한 것이 또렷해진다.
불꽃은 사라져도 연기 끝나지 않음은 알아,
밤새도록 난간 곁에서 스님께 말을 건넨다.

莽莽空中稍稍灯, 坐看迷濁變澄淸.
須知火盡烟無盡, 一夜闌邊說向僧.

'성등'은 '불등佛燈'이라고도 하며, 달이 없는 캄캄한 밤에 사신암舍身巖 아래 협곡 숲속에 나타나는 수없이 많은 점으로 형성된 녹색 형광 불빛이다. '불광佛光'과 더불어 아미산의 유명한 볼거리로 꼽힌다. 산 아래 층운이 생기면 보이지 않고, 산 정상에 큰바람이 불어도 나타나지 않는다. 쉽게 볼 수 있는 것은 아니지만, 여러 사람의 시문에 보았다는 기록이 자주 등장한다. 이 시가 '성등'의 존재를 최초로 알렸다.

시인은 좀처럼 보기 드문 아미산의 성등을 보았다. 제1구에서 첩자인 '망망莽莽'과 '초초稍稍'의 사용은 자신의 눈앞에 전개된 밤하늘과 성등의 특색을 꼭 집어내면서 어우러지게 하는 절묘한 효과를 창출하였다. 제2구에서는 불빛이 점점 살아서 눈으로 다가오자, '흐릿하다(迷濁)'에서 '또렷하다(澄淸)'로 자신이 느낀 시각적 변화를 직설적인 언어로 형상화하였다. 제3·4구는 '불꽃(火)'은 사라졌지만 피어나는 '연기(煙)'를 핑계로 밤새도록 난간 옆에서 스님과 얘기를 나누었다는 내용이다. '성등'은 불빛일 뿐 불꽃이 아닌데 어찌 연기가 나겠는가? 승려와의 대화를 지속하고자 하는 시인의 강한 욕구를 재치 있게 표현하였다.

5.2.4 범진范鎭, 소식蘇軾, 범성대范成大

위의 세 시인은 모두 아미산의 '진인동眞人洞'을 제재로 시를 지었다. '진인동'은 손사막孫思邈(541~682)이 진사辰砂와 수은으로 이루어진 황화 광물로 불로불사약을 만들던 곳이다. 손사막은 평생 약초를 채집하고 의학 연구에 전념하다 만년에는 오대산에 은거하며 저작에 몰두하였다. 평생 80여 종의 의학서적을 썼으며, 그 중 『천금요방千金要房』과 『천금익방千金翼方』은 후세에 많은 영향을 끼쳐 '약왕' 혹은 '의신'으로 추앙받는다. 그는 또한 도사로도 유명한데, 도교를 신봉하던 휘종으로부터 "묘응진인妙應眞人"이라는 시호도 얻었다. 두 번 아미산을 방문하여 약초를 캐고 연단을 실행하였다. 먼저 범진의 「진인동에 붙여(題眞人洞)」를 보기로 하자.

> 높고 험한 하늘 기둥 다섯 봉우리 벌려 있고,
> 구름과 산봉우리는 맞닿아 겹겹으로 성하네.
> 나루터 묻다 뜻하지 않게 선가를 얻어서,
> 어느 날 한가로이 발자국을 남길 수 있을까?
>
> 天柱嵯峨列五峰, 連雲接岫郁重重.
> 問津偶得神仙宅, 何日投閑便寄踪.

범진(1007~1087)은 여러 차례 촉군공蜀郡公에 봉해졌다가, 63세(1070)에 벼슬에서 물러나 희녕 8년(1075)에 아미산을 유람하였다. 이때 진인동을 방문했다. 아미산은 선산으로 일컬어질 만큼 산세가 보통이 아니다. 하늘 기둥처럼 높이 솟은 다섯 봉우리, 주위의 크고 작은 산봉우리를 에워싼 구름, 이것이 바로 아미산의 실제 경관이다. 시인도 언뜻 신선이 되어 한가로이 거니는 상상을 하였다. 불가능한 일이긴 하지만 동천에 와서 할 수 있는 최고의 정신적 해탈이다. 다음은 소식의 「손사막의 진인동에 붙여(題孫思邈真人洞)」를 보기로 하자.

> 선생께서 떠나가신 지 이미 오백 년,
> 여전히 아미산 서쪽 산중에 존재하시네.
> 스스로 신선 되어 관부에 갈 수 있지만,
> 시해에 응하지 않고 쇠파리 곁에 앉았다.

先生一去五百載, 猶在峨眉西崦中.
自爲天仙足官府, 不應尸解坐虻蟲.

소식(1037~1101)은 미주眉州 미산眉山(지금의 쓰촨성 미산시) 사람이다. 가우 2년(1057)에 진사가 되어 관직을 두루 거치다 모친상을 당하여 아버지 소순蘇洵과 동생 소철蘇轍과 함께 고향으로 돌아왔다. 삼부자는 가주를 경유하면서 그곳 일대를 유람하였다.

범진의 시가 진인동을 방문한 뒤 신선 세계를 갈망하며 상상의 나래를 펼친 것이라면, 이 시는 진인동에서 연단을 행했던 손사막의 위대한 의술과 백성 구제의 고귀한 뜻을 기린 것이다. 소식은 손사막이 충분히 신선이 될 수 있는 요건과 자격을 갖추어 천상의 신선 세계에 갈 수 있었지만, 신선이 되기를 거부하여 아미산 서쪽 산중에 남아 백성의 건강을 위하여 의약 연구에 몰두하였다는 점을 높이 샀다. 개인의 욕망을 충족하는 신선 세계보다는 현실 세계에서 백성들에게 인술을 펼친 그에 대한 무한한 존경심을 표현한 것이다. 소식 특유의 독창적인 낭만과 소신으로 자신의 흉금을 털어낸 작품이다. 여기서 '관부官府'는 천상에 있는 신선 세계의 조정이나 정부를 가리키고, '시해尸解'는 몸만 남기고 혼백이 빠져나가거나 혹은 신선이 되는 것을 말한다. 다음은 범성대의 「손사막의 진인암(孫眞人庵)」을 보기로 하자.

선옹이 오래전에 어딘가 숨어 살았는데,
청련봉 깎아지른 것이 마치 봉래산 같네.
구름 깊어 도주동에 이르지 못하고,
부슬비 내려 연약로를 먼저 찾았네.
개울 아래 향초는 먹을 수 있을 듯싶고,
숲속 호랑이는 하여금 부르기를 시도했네.
은퇴한 후 힘 다해 땔나무와 물을 바치면,
틀림없이 산을 반반씩 나누자 하겠지요?

何處仙翁舊隱居, 青蓮巉絶似蓬壺.
雲深未到淘朱洞, 雨小先尋煉藥爐.
澗下草香疑可餌, 林間虎伏試教呼.
閒身盡辦供薪水, 定肯分山一半無?

범성대(1126~1193)는 송대 최고의 전원시인으로, 소흥 24년(1154)에 진사가 되어 지방관을 지냈으며, 2개월이긴 하지만 부재상副宰相의 지위인 참지정사까지 올랐다. 건도 6년(1170)에는 금나라와 담판을 벌이면서 불굴의 항쟁을 주장하다 겨우 죽음을 면하였다. 순희 4년(1177)에 쓰촨성에서 임기를 마치고 아미산과 낙산을 유람하였다. 이 시는 이때 지은 것이다.

시인은 손사막이 구도勾度라는 제자를 만나 머물렀다는 우심사牛心寺를 찾았다. 맞은편 깎아지른 듯한 청련봉을 보고, 여기가 신선들이 산다는 봉래산이 아니냐는 생각을 언뜻 하였다. 여기저기 기웃거리며 손사막의 흔적을 찾는 와중에, 호복계虎伏溪에 이르러서는 당대 혜능선사의 고사가 생각나 시켜서 호랑이를 불러보기도 하였다. 50세가 지난 시인은 곧 은퇴할 결심에 이곳에서 숨어 살면 어떨까 하는 생각을 해 보았다. 마지막 구의 '산을 반반씩 나누자(分山一半)'는 꼭 '반'이 아니라 '크게' 나누어주는 의미이다. 그럼 누가 나누어준단 말인가? 그 주체는 앞 구에 제기된 땔나무와 물을 제공받는 사람인데, 즉 손사막이다. 오래전 이곳에서 은둔한 적이 있는 손사막에게 질문을 던진 것은 옛 은사를 향한 애교 섞인 조크다. 서경과 서정 그리고 전고가 적절하게 조화를 이루고 있어 후대에 극찬받는 작품이다.

우심사 맞은편에는 '청련봉'이 있다. '도주동淘朱洞'은 "도미천淘米泉" 혹은 "세약천洗藥泉"이라고도 부르는데, 손사막이 우심사에 머물 때 쌀을 일거나 약초를 씻던 샘터이다. 그리고 '호복虎伏'은 당대 희종 연간에 강릉의 고승인 혜능선사의 고사에서 나온 것인데, 그가 이곳을 지나는데 물이 불어 건널 수가 없어서, 가만히 보니 그 옆에 호랑이가 한 마리 웅크리고 있어, 그것을 밟고 개울을 건넜다고 한다. 이리하여 그 시내를 "호복계虎伏溪"라 부른다.

범진의 시 한 수를 더 보기로 하자.

> 아미산 최고봉을 향해 나아가는데,
> 봉우리가 몇천 겹인지 알 수가 없네.
> 스님이 웃으며 포공 고사를 말하는데,
> 백록이 일찍이 이곳에 발자국을 남겼다네.

前去峨眉最上峰, 不知崖嶂幾千重.
山僧笑說蒲公事, 白鹿曾於此發踪.

이 시는 「초전初殿」이라는 작품이다. 동한 명제 영평 6년(63)에 아미산 은사인 포공蒲公이 약초를 캐다가 연꽃처럼 생긴 사슴 발자국을 보고 쫓아가다 산꼭대기에 이르렀다. 갑자기 하늘에서 신선들의 음악 소리가 들려 고개를 드니, 누런 가사를 걸친 보현보살이 상아가 여섯 개인 흰 코끼리를 타고 오색의 상서로운 구름을 지나 하늘로 날아가는 모습을 보았다. 이에 포공은 자신이 살던 집을 절로 바꾸고 "초전"이라 명명하였다. '초전'은 아미산 낙타령에 있으며 해발 1,732m이다.

인간이 눈으로 보는 것은 자연의 수려함이지만, 신화 얘기를 덧붙이는 것은 인문화 시도에서 출발한다. 시인은 앞 두 구에서 아미산의 험준함을 묘사하였고, 뒤 두 구에서는 포공의 고사를 인용하였다. 아미산은 보현보살을 모신 불교 성지로 험준함과 신비함을 겸비한 명산이다.

5.2.5 육유陸游

육유(1125～1210)는 월주 산음山陰(지금의 저장성 사오싱) 사람으로, 남송 최고의 애국 시인이자 다작 시인이다. 건도 9년(1173) 4월에 가주로 발령받아 40일간 머무르다 잠시 청두로 왔다가 보름 만에 다시 가주로 돌아갔다. 다음 해 봄 촉주蜀州(지금의 충저우崇州시)로 발령이 났으니, 가주에서는 총 9개월 남짓 근무하였다. 그의 시 「평강으로 가는 도중에 아미산을 바라보며 감개무량하여 짓다(平羌道中望峨眉慨然有作)」를 보기로 하자. 이 시는 건도 9년(1173) 10월에 지은 작품이므로, 처음 임지인 가주로 가면서 본 뒤 약 6개월이 지나서이다. 여기서 '평강'은 '가주'이다. 아미산에서 약 20㎞ 떨어진 구반산 벽운정에서 지었다.

흰 구름이 마치 황성 같고,
그 위로는 푸른 산봉우리 솟았다.
기이한 경계가 홀연 앞에 나타나,
가슴이 오랫동안 두근거린다.
떠난 후 이백일 지나 다시 오니,
뜻밖에 기쁨 솟고 근심 사라진다.
신선들은 멀리서 손을 들어,
나에게 뱃대끈을 풀라 소리친다.
이런 게 어찌 시켜서 될까?
숨어 살면서 은사를 섬겨서지.
어찌 고향 산천으로 돌아가야 할까?
더욱이 만 리 격랑 헤쳐가야 하는데.

白雲如玉城, 翠岭出其上. 異境忽墮前, 心目久蕩漾.
別來二百日, 突兀喜亡恙. 飛仙遙擧手, 喚我一稅鞅.
此行豈或使, 屛迹事幽曠. 何必故山歸, 更破萬里浪.

200여 일 만에 다시 보는 아미산은 시인에게 남다른 감회를 준다. 그래서 제목에 '감개무량하여(慨然)'라는 말을 특별히 넣었다. 6개월 전에는 임지로 가는 중이라, 아미산 풍경에 크게 관심을 가질 수 없었다. 그래서 처음 보는 '기이한 경계(異境)'가 자신의 눈앞에 떨어진 것이다. 감상에 도취하여 근심 걱정이 사라지고 갑자기 환희의 순간을 맛보면서, 아미산이 선산이라는 생각을 하게 되었다. 신선들이 날아다니다 손짓하며 얼른 뱃대끈을 풀라 한다. '뱃대끈(鞅)'이란 마소의 안장이나 길마를 얹을 때 배에 걸쳐서 졸라매는 줄을 말한다. 즉, 벼슬을 놓고 선계로 오라는 얘기다. 속세를 벗어나 선계를 유람하고 싶은 시인의 바람에서 나온 결과이다. 시인은 삼십여 년간 관직에 있으면서 금나라에 대한 주전론을 펼치고 적극적인 애국주의를 표방하였다. 한편으론, 마음 한구석에 언제나 고향에 돌아가 전원생활을 하며 한적한 시간을 보내고자 하는 욕구가 자리하였다. 그러나 지금은 멀리 있는 고향보다는 선계인 아미산이 눈앞에 있다. 벼슬길에서 전원생활로, 다시 선계로 욕구가 옮겨가는 것은 당시 사대부들의 보편적 바람이었다. 그가 신선을 내세운 것은 바로 이런 맥락에서 찾을 수 있다. 그는 65세가 되어서야 관직을 마치고 고향으로 돌아갈 수 있었다.

5.2.6 방효유方孝孺

방효유(1357~1402)는 태주泰州 영해寧海(지금의 저장성 영해) 사람으로, 어려서부터 매우 영리하여 '소한유小韓愈'라는 찬사를 들었다. 성년이 되어서는 당시 대 유학자인 송렴宋濂의 학문을 이어받았고, 1382년에는 태조 주원장으로부터 품행이 단정한 인재로 인정을 받았다. 이후 1392년에는 한중부의 교수로서 있다가 헌왕 주춘朱椿의 초청으로 세자의 교사가 되었다. 1398년 건문제 주윤문朱允炆이 즉위한 후에는, 그를 중임하라는 태조의 유훈에 따라 한림시강이 되었다가 한림학사가 되었다. 그러나 연왕 주체朱棣가 반란을 일으키자 조령과 격문 등을 통해 강력하게 맞섰다. 하지만 반란을 막지는 못했다. 당시 최고의 학자이자 건문제의 스승으로서 이름을 날린 그를 영락제도 섣불리 죽이지를 못했지만, '연나라 도적놈이 왕위를 찬탈했다(燕賊簒位)'라는 즉위 조서를 올리자, 그를 능지처참하고 십족을 몰살하였다. 그리하여 후대에는 위험에 굴하지 않는 강직한 성격의 소유자로 귀감이 되었다. 여기서 그의 시 「산으로 들어가(入山)」 제1수를 보기로 하자.

검은 신 벗어 짚신으로 갈아 신고,
명산을 두루 다니니 마음이 상쾌하다.
바위에서 울부짖는 호랑이 골에 이는 바람,
소나무 정수리에서 조는 학 벼랑을 비추는 달.
구름 걷히자 봉우리는 면면이 깎은 듯하고,
골짜기 돌아서자 나무가 줄지어 늘어섰다.
초야에 묻힌 옛 친구들 노쇠하여 사라지니,
산수의 맑은 흥취 몇 명이나 함께하려나?

烏鞋脫却換靑鞋, 踏遍名山愜素懷.
虎嘯石頭風萬壑, 鶴眠松頂月千崖.
雲開面面峰如削, 谷轉行行樹欲排.
湖海故交零落盡, 煙霞淸趣幾人偕.

이 시는 전형적인 산수시이다. 제1・2구는 서사, 제3,4,5,6구는 서경, 제7, 8구는 서정으로 이루어진 결구 형태이다. 첫 두 구를 보면, 산을 오를 때는 우선 신과 복장을 갖추어야 하는데, 여기서 '검은 신(烏鞋)'을 벗고 '짚신(靑鞋)'을 신는다는 것은 즉, 관복에서 평상복으로 갈아입는다는 의미로 공직생활에서 벗어나 산수를 찾는 일종의 해방감을 맛본다는 뜻이다. 제2구의 '명산'은 아미산을 가리킨다. 근체시는 함련(제3, 4구)과 경련(제5, 6구)이 대구를 이루어야 하는데, 이 시는 어휘, 어순, 평측 등에서 철저히 규칙을 지켰다는 것을 쉽게 알 수 있다. 또한, 여기에 등장하는 경물은 모두 '호랑이(虎)', '바위(石)', '바람(風)', '학(鶴)', '소나무(松)', '달(月)', '구름(雲)', '봉우리(峰)', '골짜기(谷)', '나무(樹)' 등 모두 열 개이다. 산수 자연의 묘사에 나올 만한 제재는 거의 망라 되었다. 마지막 두 구는 친구들에 대한 그리움이다. 초야에 묻혀 사는 옛 친구들이 이제는 쇠약하거나 죽고 없으니, 아미산과 같은 자연의 맑은 흥취를 함께 감상할 수 없는데 대한 아쉬움이 대단히 크다. 눈앞에 좋은 것이 있을 땐 언제나 친구들과 더불어 하고 싶은 마음이 생기는 것은 인지상정이다. 시인은 다가올 비극적인 미래를 예견이나 한 듯, 이 순간 친구들과의 유람을 생각하였다. '호해湖海'는 '호수와 바다'를 일컫는 것으로 관직에서 물러나 초야에 묻혀 산다는 의미를 지니며, '고교故交'는 다른 말로 '고구故舊'인데, '옛 친구'라는 의미이다.

5.2.7 원굉도袁宏道

원굉도(1568～1610)는 자가 중랑中郎이고, 호는 석공石公이다. 공안公安(지금의 후베이성에 속함) 사람으로 만력 19년(1591)에 진사가 되었다. 그는 복고주의를 반대하면서 개성을 표현하고 진심을 발현하는 '성령性靈'을 주장한 공안파의 대표적인 인물이다. 그의 시 「아미산 승려인 청원을 전송하며(送峨眉僧淸源詩)」를 보기로 하자.

스님은 아미산에서 내려와,
오며 가며 몇 번 묵었다.
이 산이 최고라 하였는데,
인도에 가는 이 얼마나 될까?
스님은 천하를 두루 다니니,
어찌 신족이 아니겠느냐?
안달하다 산사에 들면,
여기서 정단불을 새긴다네.

師從峨眉來, 往返經幾宿. 兹山聞最高, 幾許到天竺.
師行遍天下, 無乃是神足. 竦身入梵宮, 鏤此旃檀佛.

이 시는 서정시로, 시인의 집에서 묵고 가는 아미산 승려인 '청원'을 전송하며 지은 것이다. 시인은 아미산이 최고라는 얘기를 많이 들었는데, 천축국에 갈 승려가 몇이나 될까 반문한다. 그만큼 아미산은 성스러운 산이다. 승려는 수많은 중생을 구원하고자 설법을 하고 선행을 실천하며 천하를 두루 돌아다닌다. 그래서 승려에게는 신기할 정도로 빠른 '신족神足'이 있다고 생각하였다. 그러다가 속세에서 조급해지고 속이 타면 아미산 산사로 돌아가 정단불을 새기면서 수행을 한다. 이처럼 시인은 청원 스님을 통해 아미산의 성스러움을 믿고, 스님에 대한 존경을 진솔한 감정으로 개성 있게 서술하였다. 표현도 자연스럽고 청신하며 질박하다. 그래서 이 시는 공안파의 대표 시인인 원굉도의 특색을 잘 드러낸 작품이라 할 수 있다. 여기서 '정단불旃檀佛'은 '단향목檀香木으로 만든 불상'이다. 중국에 들어온 최초의 불상으로, 청원 스님이 이 불상을 가지고 있었다.

5.2.8 주이존朱彝尊

주이존(1629~1709)은 명말 수수秀水현(지금의 저장성 쟈싱嘉興시) 사람이다. 청대 강희 18년(1679)에 박학홍사과博學鴻詞科에 천거되어 검토檢討 관직을 제수받았다. 경사에 통달하여 왕사정과 더불어 남북 양대 종정으로 추앙받는다. 그의 시「아미산으로 벼슬살이 가는 방암숙을 전송하며(送方庵叔之官峨眉)」를 보기로 하자.

오랜 세월 동안 쌓인 아미산 눈,
외로운 성채는 오월에도 차갑다.
참으로 외지고 먼 곳이라 가련하지만,
여전히 환한 얼굴 가실 줄을 모른다.
골짝의 물소리는 거문고 가락 같고,
산에 핀 꽃들은 청두와 이어진다.
멀리서 날아온 한 조각 달을,
그대 그리우면 주렴 올려 보리라.

萬古峨眉雪, 孤城五月寒. 爲憐眞僻遠, 猶喜未凋殘.
峽水流琴曲, 山花接錦官. 飛來一片月, 相憶卷簾看.

아미산 특색 중의 하나는 정상에 오랫동안 눈이 남아 있다는 사실이다. 그러기에 오월에도 외로운 성채는 차갑게 느껴진다. 또한, 아미산 지역은 대단히 후미진 곳이다. 그래서 그곳으로 좌천되어 가는 방암숙에 대하여 시인은 가련한 심정을 감추지 못한다. 환한 얼굴을 억지로 유지하는 그대 모습이 오히려 시인의 마음을 슬프게 한다. 하지만 시인은 그렇게만 여기고 있을 수는 없다. 아미산 골짜기에서 흐르는 물소리는 마치 거문고 소리같이 아름답고, 거기에 핀 꽃은 청두와 연결되어 있을 정도로 멀지 않은 곳에 있으니, 좌절감이나 소외감을 가질 필요가 없다고 위로한다. 그런데 이 위로가 상대에게 얼마나 크게 작용하는지는 알 수가 없다. 이별에는 '달(月)'이 자주 등장하는데, 하늘에 뜬 '달'은 헤어진 두 사람을 동시에 비추는 삼각형의 꼭짓점 역할을 한다. 즉, 연결고리인 셈이다. 그도 달을 보고 나도 달을 보면 그리움이 달에 도달하여 상대방의 마음으로 연결 되기 때문이다. 여기서 '금관錦官'은 쓰촨성 '청두成都'이며, "금성錦城" 혹은 "부용성芙蓉城"이라고도 부른다.

6. 무이산

6.1 무이산 소개

무이산은 장시성과 푸젠성의 서북부 경계 지역에 있다. 무이산맥 북단에서 동남쪽 산기슭까지 총면적이 999.75㎢이다. 진·한 이래로, 도사나 참선하는 자가 머물던 곳이며, 많은 도관과 수도원, 그리고 암자의 유적을 남겨 놓았다. 또한, 일찍이 유학자들이 유도儒道를 제창하고 학술을 강연하던 곳이기도 하다.

'무이산'이라는 명칭은 산신이자 향토신인 '무이군武夷君'에서 유래하였다. 무이산은 푸젠성 북쪽 끝 무이산시 교외에 있으며, 통상적으로 무이산시에서 서남쪽으로 15㎞ 떨어진 곳에 있는 '소무이산'을 일컫는다. 수려한 자연풍광으로 '기이하고 빼어나기가 동남쪽에선 제일이다 (奇秀甲東南)'라는 명성을 떨치고 있으며, 아열대 지역의 생태계를 그대로 보전하고 있어 전형적인 자연환경 보존지구로도 널리 알려져 있다.

또한, 풍성한 역사와 문화를 담고 있는 명산으로, 일찍이 약 4,000년 전 신석기 시대에 고월古越족이 이곳에 거주하였다. 지금도 그들의 장례 풍속인 것으로 추정되는 가학선관架壑船棺의 전설이 전해진다. 한 무제 때는 사신을 보내어 일곡의 만정봉幔亭峰에서 건어물로 무이군 제사를 지냈으며, 당 현종 때는 무이산에 봉표封表(봉분하고 세우는 팻말)를 내리고 돌에다 그의 이름을 새겼다. 당말 오대 초기에는 서른여섯 개 동천 중의 하나로 지정하여 "제십육승진원화동천第十六升眞元化洞天"이라 이름 지었고, 송대 소성 2년(1095)에는 기우제를 지내 호응이 있자, 무이군을 '현도진인顯道眞人'으로 봉하였다.

이상은李商隱, 범중엄, 신기질, 육유, 서하객 등 역대 수많은 시인과 묵객들이 유람하거나 활동하며 마애석각 450여 곳, 시사 1400여 수를 남겨 명실공히 문화유산의 보고가 되었다. 특히 무이산과 관련지어 빼놓을 수 없는 인물은 '주자'인데, 어떤 자가 시를 지어 말하기를 "동주에서 공자가 나왔다면 남송에는 주자가 있고, 중국의 옛 문화는 모두 태산과 무이산에 있다(東周出孔丘, 南宋有朱熹. 中國古文化, 泰山與武夷)"라고 하였다. 동주의 공자와 남송의 주자는 각각 자신의 고향과 가까운 산둥성의 태산과 푸젠성의 무이산을 통해 더욱더 빛을 발했다. 무이산은 공자의 원시 유학에 형이상학적 이론체계를 부여한 성리학의 요람이며, 공・맹 이후 도통의 계승과 발전을 도모한 성지이다. 따라서 무이산이 주자로 인해 더욱 유명해진 산이라는 것은 주지의 사실이다.

6.2 무이산 명시 감상

6.2.1 주자

주자의 이름은 주희朱熹(1130~1200)이고, 자는 원회元晦 또는 중회仲晦, 호는 회암晦庵이며, 시호는 '문文'이다. 그래서 "주문공朱文公"이라 부른다. 원적은 흡주翕州 무원婺源인데, '흡주'가 남송 때 '휘주徽州'로 개칭되었고, 휘주(지금의 안후이성) 아래쪽에 신안강新安江이 흘러서 그의 본관을 '신안'이라고 한다.

그는 아버지 주송朱松과 어머니 축씨祝氏가 전란을 피해 임시로 정안도鄭安道의 남계南溪별장인 정씨초당鄭氏草堂에 거주할 때 삼남으로 태어났다. 아버지는 금나라와 굴욕적인 화해를 모색한 화의파의 대표적 인물인 진회秦檜와 뜻이 맞지 않아 관직에서 물러났다가, 나중에 건주建州 정화현政和縣의 현위가 되어서 푸젠성으로 들어왔다. 주자가 14세 때 병으로 세상을 떠났다. 사망하기 전에 당시 저명한 학자이자 친구인 호헌胡憲, 유면지劉勉之, 유자휘劉子翬 등에게 아들 교육을 부탁하였고, 주자는 아버지의 유언에 따라 푸젠성 숭안현(지금의 우이산武夷山시) 오부리五夫里로 가서 그들의 가르침을 받았다. 이후 유면지가 그를 총애하여 자기 딸과 혼인시켰고, 유자휘는 '원회'라는 자를 지어주었다.

그는 18세 때 건주의 향시에 통과하였고, 19세 때 진사 시험에 장원으로 급제하였다. 22세 때 이부 임관 시험에서 중등으로 통과하여, 종9품인 좌적공랑左迪功郎을 제수받아 천주泉州

동안현同安縣의 문서관리 보좌관인 주부에 임명되었다. 2년이 지난 후, 24세 때 겨우 임지로 부임하였다. 도중에 연평延平(지금의 푸젠성 난핑시)에 있던 정이의 삼전제자三傳弟子인 이동李侗(1093~1163) 선생을 찾아가 사숙하면서 유학에 심취하였고, 이후 31세에 정식으로 사제지간의 연을 맺었다. 1153년 봄부터 1157년 10월까지 약 4년 반 동안 동안현에서 근무하며 학교 행정도 담당했다. 이때 훌륭한 교사를 초빙하고 우수한 학생을 선발하여 교양과 인격을 갖춘 인재를 육성하는 데 온 힘을 기울였다. 주민들은 감사의 표시로 학교에 건물을 지어 그의 이름을 붙였다. 다시 숭안현으로 돌아가 강학에 힘썼다. 이후 여러 관직에 간헐적으로 임명됐지만, 대부분 실권 없는 명목상의 관직이었다.

그리고 약 20년 후인 1178년, 그의 나이 49세에 네 차례의 사양 끝에 재상인 사호史浩의 추천으로 지남강군知南康軍으로 임명되어 이듬해(1179)에 부임하였다. 당시 건양의 한천정사寒泉精舍에서 강학과 저술에 힘쓸 때였는데, 남강으로 부임한 후 당대 이발李渤이 은거하던 옛터에 백록동서원을 재건하고, 후대 서원의 학칙으로 전범이 된 「백록동서원교조」를 입안하였다.

1181년 3월부터 8월까지는 강남서로江南西路(지금의 장시성에 속함)의 차염상평제거茶鹽常平提擧를 지내며 돈과 곡식을 모아 이재민을 구제하였다. 그리고 절동浙東(지금의 저장성 동쪽 지역)에 흉년이 들자 재상인 왕회王淮가 추천하여 절동상평제거浙東常平提擧가 되었다. 1183년에는 다시 고향으로 돌아와 무이산 계곡에다 무이정사를 지어 거주하면서 성리학 연구와 저술에 박차를 가하였다. 1190년에는 지장주知漳州(장주는 지금의 푸젠성 장저우시)가 되었는데, 당시에 성행하던 토지 겸병과 불공평한 조세 관행을 없애기 위해 '경계經界'라는 제도를 만들었으나 실패로 끝나 항의의 뜻으로 사직하였다. 1193년에는 지담주知潭州(담주는 지금의 후난성 창사) 겸 호남안무사湖南安撫使가 되었는데, 부임하여서는 악록서원의 복원을 주관하고 강학과 저술을 통해 성리학의 전파를 주도하였다. 1194년에는 환장각대제煥章閣待制 겸 시강侍講이 되었다.

그는 고종, 효종, 광종, 영종 등 네 임금이 차례로 바뀌는 동안 실제로 벼슬한 기간은 지방 관리로 8년 남짓, 황제에게 조언과 강의를 하는 벼슬인 궁중 시강으로 46일, 모두 합쳐도 9년이 채 되지 않는다. 관직 생활을 제외한 시간 대부분을 무이산과 부근의 숭안과 건양建陽 등지에서 보냈다. 이 일대는 산수 풍광이 뛰어나 자주 숭안현의 밀암密庵, 구곡계九曲溪, 평림도平林渡, 무이정사 그리고 건양현의 운곡산雲谷山, 황양산黃楊山, 백장산百長山, 근계芹溪 등을 다니면서 오십여 수의 시를 지었다. 특히 무이구곡에서 지은 「무이도가」가 우리나라로 들어오면서 수 세기 동안 큰 영향을 미쳤는데, 조선 시대 사림士林에 의해 재해석되고, 주자의 은거 방식은 그들이 갈구하던 은거의 전형이 되었으며, 무이구곡은 영원한 이상향으로 자리 잡았다.

주자는 때를 만나지 못하여 재능과 학식을 발휘하지 못한 채, 노년에는 무이산 오곡의 은병봉 아래에서 무이정사를 짓고 살았지만, 그곳에서 강학과 저술을 통하여 성리학을 완성함으로써 무이산이 도학의 본산으로 자리매김하는 데 결정적인 공헌을 하였다.

당시에 학자로 이름난 장식과 여조겸은 동료인 주자를 대단히 존경하였다. 불굴의 정신으로 황제를 움직이고, 공자를 숭상하여 부와 명예를 멀리하며, 태극의 이치에 정통하다는 것 때문이었다. 하지만 자신과 반대되는 태도를 보이는 학자나 학파들에 대해서는 지나치게 엄격하고, 한번 논쟁에 몰두하면 끝까지 자신의 주장을 꺾지 않는 태도에 대한 우려도 동시에 가지고 있었다. 결국 1196년에 당시 실세인 한탁주韓侂胄의 의도적인 배척과 호굉胡紘(1139～1204)이 작성하고 심계조沈繼祖가 올린 탄핵문에 의해 시강과 사당 관리직에서 해임되었다. 그리고 1198년에는 '위학僞學'으로 내몰려 가르치고 배우는 것조차 일절 금지되었다. 1200년 음력 3월 9일, 향년 71세의 나이로 건양 고정孤亭 마을의 창주정사滄州精舍에서 숨을 거두었다. 1208년에 시호를 받았고, 정치적인 탄압 때문에 1221년이 되어서야 겨우 사위인 황간黃榦(1152～1221)이 쓴 행장行狀 즉, 전기가 나올 수 있었다. 1227년에는 "태사太師"라는 칭호를 받아 '신국공信國公'에 추봉追封되었으며, 이듬해 '휘국공徽國公'으로 개봉改封되었다.

주자는 어려서부터 아버지 주송과 스승인 유자휘의 영향으로 시 짓기를 좋아했다. 하지만 이학을 신봉하기 시작하면서 심리적 갈등을 겪었다. 특히 주돈이가 주창한 '문이재도文以載

道'와 정이의 '작문해도作文害道'라는 극단적 견해로 많이 고민하였다. 그러나 천성이 산수를 좋아하여 수려한 경관을 보면 감정이 동하고 시흥詩興이 이는 것은 어쩔 수 없는 일이었다. 그래서 강학과 저술을 일상으로 하는 중에도 새로운 활력과 리듬을 찾고자 주위의 명승을 찾고 그것을 노래했다. 하지만 '음풍농월吟風弄月'이라는 자체가 이학가의 태도와는 배치되기 때문에, 스스로 경각심을 불러와 수시로 반성과 사변을 통하여 그것을 극복하고자 노력하였다. 하지만 무한한 산수 사랑과 풍부한 시정, 그리고 탁월한 시재詩才가 이성적 사변을 때로는 무기력하게 만들었다. 그래서 '학도學道'와 '음시吟詩'의 절충을 모색했는데, '공문시교孔門詩教(공자 문하의 시 교육)'를 근거로 음풍농월의 행위 또한 생활의 활력과 심리적 안정을 위해 꼭 필요한 대사 작용임을 스스로 합리화하였다. 더욱이 우주 만물에 '리理'가 존재한다는 점에서 산수를 관조하고 산수미를 파악하는 것은 하늘의 이치를 깨우치는 것이므로, '격물치지格物致知'의 주장과도 상응한다고 여겼다. 따라서 '음풍농월'은 자연의 존재 이유와 우주의 섭리를 깨우치는 데 효용이 있다고 보았다. 이런 논리로, 그는 산수시를 많이 지었으며, 남성적인 강건함과 호방하고 웅대한 풍격을 견지하였다. 이것은 개인적인 기질과도 관련이 있지만, 이학 사상의 심미관을 그대로 반영했기 때문이기도 하다. 무이산과 관련된 시는 주로 순희 10년(1183) 무이정사를 짓고 난 이후에 만들어졌다.

구곡도가九曲櫂歌 10수

이 시의 원제목原題目은 「순희 갑진년(1184) 2월에 정사에서 한가롭게 지내다가 놀이 삼아 <구곡도가> 10수를 지어 함께 놀러 온 자들에게 주고 서로 함께 한번 웃었다(淳熙甲辰仲春, 精舍閑居, 戱作武夷櫂歌十首, 呈諸同遊相與一笑)」이다. 여기서 주목해야 하는 자구는 '희작戱作'이다. 이것은 '놀이 삼아 짓다' 혹은 '장난삼아 짓다'로 직역할 수 있다. 이는 자기 작품에 대한 겸손일 수도 있지만, '일소一笑'라는 표현과 연결해 보면, 산수 자락의 가벼운 마음으로 솟구치는 시흥을 유희적 입장에서 형상화한 것임을 알 수 있다.

이 시는 일곡에서 구곡으로 물길을 거슬러 배를 타고 올라가며 지은 것인데, 굽이마다 산수의 공간 대비를 통해 가장 특색 있는 풍경을 직관적으로 묘사했을 뿐만 아니라, 신화・전설이나 인문경관을 더하여 자연에 대한 탐미와 한가로운 서정을 표현하였다. 특히 시인의 축적된 미적 경험과 풍부한 시적 재능으로 자연스러우면서도 간략한 언어를 통해 '시중유화詩中有畵'의 예술적 기법을 극대화했다는 점에서 높이 평가받고 있다.

그런데 고려 말에 우리나라로 들어온 것으로 추정되는 「무이도가」는 16세기에 들어 조선 중엽 선비들에 의해 회자하면서 재해석이 가해진다. 하서 김인후(1510~1560)를 시작으로 포저 조익(1579~1655)을 포함하는 하서파는 '탁물우의托物寓意(사물에 맡겨 뜻을 담음)'에 의한 '입도차제入道次第(도학의 진입 순서)'의 '조도시(造道詩)' 즉, '도학의 성취단계를 노래한 시'로 보아야 한다고 주장한다. 다시 말해, 성리학의 오묘한 이치를 깨우치기 위한 도학의 과정을 그린 성스러운 시라는 것이다. 이에 반해 고봉 기대승(1527~1572)은 '재도'의 도구로만 해석한 하서의 견해를 강력하게 반박하면서, 명리를 잊고 유유자적을 추구했던 공자와 증자의 대화 고사를 인용하며, '입도차제'와 같은 의미를 일부러 숨겨 포장해 놓을 리는 없다고 하였다. 즉, '인물기흥因物起興(경물로 인해 시흥이 생긴다)'에 의한 순수한 산수시로 보는 것이 맞는다고 주장하였다. 이에 대해 퇴계 선생(1501~1570)은 '입도차제'의 관점에서 본다면 도학의 입장을 완전히 무시할 순 없지만, 사물에서 얻은 흥취를 형상화한 것이 좀 더 합리적이라고 보았다. 고봉처럼 강력한 반박은 아니지만 역시 '인물기흥'의 편에 섰다고 볼 수 있다. 그런데 16세기 중엽 사림파가 득세하면서, 성리학적 시각으로 문학을 보아야 한다는 주장이 대세를 이루었다. 그래서 「무이도가」는 도학적 차원의 시로 해석하는 것이 정당화되었다. 그렇다면 중국 쪽에서의 해석은 과연 어떨까?

중국에서는 예전부터 무이구곡에는 향토신인 무이군의 전설이 있고, 또한 신선이 거주하는 곳으로 인식하였다. 그래서 주자도 서시에 '선령仙靈'을 등장시켰다. 그리고 제1곡에는 무이군의 전설을, 제2곡에는 옥녀봉의 전설을, 제3곡에는 가학선관의 전설을, 제4곡에는 전설상의 '금계金鷄'를 등장시켰다. 그리고 나머지는 모두 신선이 사는 산수 자연의 아름다움을 간결하면서도 집약적으로 묘사하였다. 따라서 '입도차제'의 도학적 해석은 시도도 되지 않았고, 단순히 신선이 거주할만한 아름다운 산수 자연에 인문학적 상상력을 보탠 것이라 여겼다. 다시 말해, 산수시로서만 이해할 뿐, 이면에 깊은 철학적 사변이 있다고 보지는 않았다. 대부분 '주자'를 '주희'라고 부르며 성인聖人으로 여기지 않는 것도 이와 관련지어 생각할 수 있다.

'도가櫂歌'의 '櫂'는 '배의 노(棹)'와 같은 의미이며, '노를 저으며 부르는 노래' 즉, '뱃노래'라고 할 수 있다. '도가'는 주자로부터 비롯되었다. '구곡도가'는 "무이도가" 혹은 "무이구곡도가"라고도 부른다. 우리나라에서는 여러 '구곡도가'와 구분하기 위하여[32] '무이도가'라는 말을 주로 사용한다. '구곡계'는 무이산맥의 주봉인 황강산黃崗山 서남쪽에서 발원하여 50㎞를 지나면 무이산 풍경구 안의 성촌星村을 지나가는데, 이곳부터 차례로 전개되어 일곡 근처인 무이궁 앞까지 약 10㎞ 정도가 된다.

서시序詩

무이산에는 신선이 살고
산 아래로 흐르는 찬물은 굽이굽이 맑네.
그 속에 기묘한 곳을 알고자 하니
뱃노래 두세 마디 한가롭게 들리는구나.

武夷山上有仙靈, 山下寒流曲曲淸.

---

32) 우리나라에 '구곡'이라는 명칭을 가지고 있는 계곡이 150여 곳에 이르며, 그중에서도 조선 시대 영남학파의 본거지인 경상북도에 43곳이 있다.

欲識個中奇絶處, 櫂歌閒聽兩三聲.

이 시는 무이산의 위와 아래를 언급함으로써 무이산 전경을 대상으로 하였고, 산 위에는 신선을 아래에는 물길을 지목함으로써 신선 세계가 존재하는 수려한 명산임을 알렸다. 신선이 사는 산수 자연은 깊고 울창하여 신비스러운 장소임이 틀림없으니, 이러한 물리적 공간에서 기이하고 절묘한 곳이 존재하는 것은 당연한 일이다. 그래서 유람코자 마음먹으니 가까이서 어부가 부르는 몇 마디 뱃노래 소리가 한가롭게 들린다.

일곡으로 들어가면 제일 먼저 대왕봉(일명 "위왕봉魏王峰")을 만나는데, 해발 530여 미터로 왕처럼 위엄이 있다. 또한, 하늘 기둥처럼 솟았다고 하여 "천주봉天柱峰"이라고도 부른다. 대왕봉 북쪽으로 만정봉幔亭峰이 가로놓여 있는데, 그리 높지는 않지만, 봉우리 정상이 평탄하고 큰 바위가 있어 마치 '향정香鼎(향을 피우는 쇠솥)' 같은 형상이다. 높이 솟은 붉은 벼랑에는 푸른 소나무가 떨기로 나 있어 푸른 병풍 모양을 하고 있다. '연선단宴仙壇'이라고도 부르는데, '신선들이 잔치를 베푸는 뜰'이라는 의미다.

전설에 의하면, 진시황 2년(B.C.246) 8월 15일에 무이군이 황태모皇太姥와 위왕魏王 자건子騫 등 열세 명의 선인들과 함께 연회를 베풀며 마을 사람 이천 명을 초대하였다. 마을 사람들은 공중에 걸린 무지개다리를 타고 봉우리 정상으로 올라와 보니, 넓고 평평한 곳에 '만정(휘장을 친 정자)'이 있고, '채옥綵屋

(채색 비단으로 엮은 방)'이 수백 칸이나 되었다. 연회가 끝난 뒤 마을 사람들이 내려오자 갑자기 비바람이 몰아쳐 무지개다리는 끊어져 없어지고 푸른 산만 우뚝 보일 뿐이었다. 그리하여 산자락에 사당을 짓고 '동정同亭'이라는 편액을 걸었다. '만정에서 함께 잔치를 했다'라는 뜻을 취한 것이다.

일곡一曲

일곡에서 냇가의 낚싯배에 오르니,
만정봉 그림자가 청천에 잠겼네.
무지개다리 한번 끊어지더니 소식 없고,
만학천봉은 푸른 안개에 갇혔도다.

一曲溪邊上釣船, 幔亭峰影蘸晴川.
虹橋一斷無消息, 萬壑千巖鎖翠煙.

구곡 유람을 위해 드디어 배에 올랐다. 요즘처럼 유람객을 태우고 오르내리는 '죽벌竹筏'이 아니고 그냥 낚싯배다. 일곡의 대표적인 봉우리는 대왕봉인데, 문득 만정봉이 등장한 것은 무이구곡에 얽힌 전설을 얘기하기 위함이다. 곧이어 '홍교虹橋'로 시작하는 제3구는 만정봉의 전설을 압축한 전고이다. 주자가 시작 단계인 일곡의 시에다 이렇게 선인들의 전설을 넣은 것은 유람 목적이 신선 세계를 찾는 것이라는 묵시적 메시지가 담겨 있다. 그리고 무이산 광경을 올려다보고는 '푸른 안개에 갇힌 만학천봉'이라 하였다. 다시 말해, 신비로운 신선 세계로 보인다는 의미이다. 그런데 조선 시대 사림파들은 주자가 선계를 찾아 나선다는 사실 자체를 수용하기 어려웠다. 그래서 '홍교'를 '도학'으로 해석해서, 도학이 끊어진 지 이미 오래라 그것을 찾아 무이산으로 갔다고 여겼다. '청천晴川'은 일곡 입구의 시내 이름이다.

이곡二曲

이곡에 우뚝 솟은 옥녀봉은,
꽃 꽂고 물가에 다가가니 누굴 위한 단장인가?
도인은 양대의 꿈 헛되이 꾸지 않고,
흥겨워 앞산으로 들어가니 겹겹이 푸르구나.

二曲亭亭玉女峰, 插花臨水爲誰容.
道人不作陽臺夢, 興入前山翠幾重.

이 시 역시 전설 고사를 제재로 한 작품이다. 초목이 자란 옥녀봉은 꽃을 꽂은 여인의 모습으로, 마치 대왕을 기다리며 치장한 '옥녀'의 모습이다. 전설로 전해지는 아름답고 슬픈 옥녀봉의 사랑 이야기가 전반부에 도입되었다. 그런데 이런 시상이 후반부로 넘어가면서 갑자기 '도인'이 나오고 '운우지정雲雨之情'으로 회자하는 초 회왕과 무산 신녀의 사랑 이야기가 '양대陽臺'라는 이름으로 등장한다. 옥녀봉의 전설 얘기가 무산의 신녀 고사로 바뀐 것이다. 즉, 요원한 전설에서 상대적으로 가깝게 느껴지는 인간과 신녀의 고사를 끄집어내어 자신이 들어

갈 입지를 마련하였다. 따라서 '양대'의 꿈이란 신녀를 만나는 꿈이며, 그런 꿈을 꾸지 않는다고 한 것은 무이산의 선녀를 만날 일은 없을 것이라는 확신 때문이다. 이렇게 전개하여 마지막 제4구에 시인의 감정을 드러내는데, 흥겨운 기분으로 앞산에 들어가 푸름을 만끽하노라고 하였다. 이것은 산수 자연에 대한 몰입이며, 물아일체의 경지에 이르기 위한 과정이다.

초나라 회왕이 일찍이 고당高唐에서 노닐다 꿈속에서 한 여자를 만나 정분을 나누었다. 여자가 이르기를 "자신은 무산巫山의 양지에 살며 아침에는 구름이 되었다가, 저녁에는 비가 되며 언제나 양대 아래에 있습니다."라고 하였다. 이것은 송옥의 <고당부>에 나오는 얘기로 '운우지정'이라 일컫는다. 이후 '양대'는 남녀가 밀회하는 장소로 통칭하였다.

무이산에서 가장 수려한 '옥녀봉'은 먼 곳을 바라보는 소녀의 형상으로, 마치 옥석으로 조각한 듯하다 하여 붙인 이름이다. 옥녀봉 아래에는 목향담沐香潭이 있고, 왼쪽에는 면경대面鏡臺가 있다. 옥황상제의 딸인 옥녀가 아버지 몰래 무이구곡에 내려왔다가 경치에 심취하여 돌아가지 않았다. 그러다 대왕과 만나 인간세계에 살게 되었는데, 이를 본 철판도인이 옥황상제에게 고하였다. 이에 옥황상제는 진노하여 그에게 옥녀를 데려오라 명하였다. 하지만 철판도인은 옥녀의 뜻을 도저히 꺾을 수가 없어 하는 수 없이 마법으로 옥녀와 대왕을 바위로 만들어 양쪽에 세우고, 그 사이에 병풍바위(鐵板障)를 두어 서로 보지 못하게 하였다. 이를 안타깝게 여긴 관음보살이 옥녀봉

맞은편에 면경대를 두어 서로 얼굴이라도 비춰 보게 하였다고 한다.

삼곡三曲

삼곡에서 그대는 가학선을 보았는가?
노를 멈춘 지 몇 해인지 알 수가 없네.
상전벽해가 지금까지 여러 번 있었으니,
물거품과 풍전등화가 어찌 가련치 않으리오.

三曲君看架壑船, 不知停棹幾何年.
桑田碧水今如許, 泡沫風燈敢自憐.

삼곡에는 시내 남쪽으로 하늘 높이 솟은 험준한 암벽인 소장봉小藏峰(일명 "선반암仙般巖" 혹은 "선장암仙場巖")이 있다. 소장봉 동쪽 절벽 틈 사이에 종횡으로 홍교판虹橋板이 꽂혀 있고, 위에 두 개의 배가 놓여 있는데, 반은 절벽 틈새에 반은 허공에 걸려 있다. 이것이 소위 '가학선'으로 배 모양의 관이다. 시인은 이것을 보고 인생무상을 느꼈다. 가학선은 오래전에 죽은 사람의 시신을 안치한 관이고, 물거품이나 풍전등화는 곧 끝날 우리들의 운명이다. '상전벽해'는 뽕나무밭이 푸른 바다가 되었다는 뜻으로, 세상이 크게 바뀐 것이 벌써 몇 번인 것을 생각하면, 우리들의 인생은 찰나에 불과하니 가련할 따름이다. 여기서 '가학선'과 '상전벽해'가 조화를 이루는 것은 육지의 '관'을 바다의 '배'로 보았기 때문이다.

사곡四曲

사곡에 동서로 우뚝 솟은 두 암벽에는
바위 꽃이 이슬에 젖어 푸른 털처럼 드리웠다.
금계 울음 그치니 아무도 보이지 않고
빈산에는 달이 못에는 물이 가득하도다.

四曲東西兩石巖, 巖花垂露碧髭毿.
金鷄叫罷無人見, 月滿空山水滿潭.

주자는 꽤 일찍 출발하였던 모양이다. 사곡을 지날 즈음에도 해가 뜨지 않아 이슬이 남아 있으니 하는 말이다. 사곡에 들어서자 두 개의 큰 바위가 눈에 들어왔는데, 봄기운이 완연한 음력 2월이라 암벽에 핀 꽃이 마치 이슬에 젖은 푸른 털처럼 늘어졌다. 두 개의 큰 바위는 대장봉과 선조대인데, 대장봉에는 금계가 살았던 금계동이 있다. '금계'는 전설 속에 등장하는 신령스러운 닭으로, 『신이경』에는 '부상산扶桑山에 옥계가 있었는데, 옥계가 울면 금계가 울고, 금계가 울면 석계가 울고, 석계가 울면 천하의 닭이 모두 다 운다'라고 하였다. 나중에는 '새벽에 우는 수탉'의 미칭으로 사용되었다. 금계를 등장시킨 것 역시 전설을 얘기하는 것이고, 전설을 얘기하는 것은 곧 무이산의 신비로움을 고조시키는 것이다. 다시 현실로 돌아와, 이미 수탉이 운 새벽 시간이지만 사람은 보이지 않고 빈산의 달과 못 속의 물만 보일 뿐이다. '못'은 즉, 신선이 낚싯대를 드리웠다는 '와룡담'을 가리킨다. 다시 말해, 두 개의 암벽과 그 위에 푸르게 드리워진 꽃, 빈산의 달, 물 가득한 못 등은 당시 그곳의 정경을 직관적으로 묘사한 것이지만, 금계를 등장시키고 사람이 보이지 않는다고 한 것은 무이산의 신비로움과 경이로움을 행간에 깔고 있다.

오곡五曲

오곡은 산 높고 구름안개 심하여,
오랫동안 안개비에 평림도는 어둑하다.
숲속에 나그네 있으나 알아보는 자 없고,
어기여차 하는 소리에 만고심만 생기노라.

五曲山高雲氣深, 長時煙雨暗平林,
林間有客無人識, 欸乃聲中萬古心.

오곡의 주위에는 은병봉을 위시하여 접순봉接笋峰 그리고 맞은편에는 만대봉晩對峰이 있다. 그래서 산 높고 구름 깊어 오랫동안 안개와 비가 머문다. '평림平林'은 '평림도平林渡(평림 나루터)'이며, 무이정사로 들어가는 초입이라, 주자가 반드시 지나가야 하는 곳이다. 당시 그곳에는 자기를 알아주는 사람이 없어 간간이 들리는 어부의 노 젓는 소리에 오랫동안 변하지 않는 물욕 없는 고요한 마음 즉, '만고심'만 깃드는 것처럼 여긴다. 서경과 서정이 결합한 전형적인 산수시로, 경물과 감정이 교묘하게 융합을 이룬 정경교융情景交融의 모범적 사례라 할 수 있다.

육곡六曲

육곡에는 창병봉이 짙푸른 물굽이를 두르고,
오두막에는 종일토록 사립문이 닫혀 있네.
나그네가 와서 노를 저으니 바위 꽃 떨어지나,
원숭이와 새는 놀라지 않고 봄 정취만 한가롭네.

六曲蒼屛繞碧灣, 茆茨終日掩柴關.
客來倚棹巖花落, 猿鳥不驚春意閑.

이 시는 모든 게 정지되었다. '창병봉'도 이름 그대로 병풍처럼 물굽이를 두른 채 정지되었고, 오두막도 하루종일 잠긴 채 정지되었으며, 원숭이와 새도 별다른 반응 없이 정지되었다. 다만 나그네가 와서 노를 젓자 바위 꽃이 떨어지는 것은 정중동의 상태로, 그 움직임을 내세우기 위함은 아니다. 단지 한가롭고 조용한 봄날의 정취를 고조시키기 위함이다. 원숭이도 새도 전혀 개의치 않을 정도이니 말이다. '창병봉'과 '오두막' 같은 고정된 사물과 나그네가 노를 젓고 바위 꽃이 떨어지는 미세한 움직임, 그리고 원숭이와 새가 놀라지 않는 무반응 등을 동원하여 한적한 봄날의 정취를 잘 표현한 작품이다.

칠곡七曲

칠곡에서 배 저어 푸른 여울로 올라가,
은병봉과 선장봉을 다시 되돌아본다.
오히려 멋지구나! 어젯밤 봉우리에 비 내려,

폭포에 더해지니 몇 갈래 물줄기 차갑도다.

七曲移舟上碧灘, 隱屛仙掌更回看.
却憐昨夜峰頭雨, 添得飛泉幾道寒.

'벽탄碧灘'이란 칠곡의 여울인 '달공탄獺控灘'을 일컫는다. 달공탄에서 아래쪽을 보면 오곡의 은병봉과 육곡의 선장암이 보이고, '석당石堂'이라는 커다란 바위가 솟아 있다. 이 시에서는 '달공탄'을 제외한 주위 경물이 거론되지 않는다. '달공탄' 역시 볼만한 경관으로서가 아니라, 오곡의 은병봉과 육곡의 선장봉을 보기 위한 지점으로 등장했다. 칠곡 주위에 크게 볼만한 경물이 없긴 하지만, 「무이도가」가 굽이마다 그곳의 특징을 거론하였다는 점에서, 멀리서 본 은병봉과 선장봉이 주요 제재가 되었다. 어젯밤에 내린 비가 봉우리에 모여 절벽으로 흘러내리니, 몇 줄기 더 생긴 폭포의 모습이 더욱 새롭게 느껴졌다. 시인은 이런 시각적 형상을 통해 얻은 감각적 이미지를 '한寒'라는 한 글자로 집약하였다. 원래 산골짜기의 물은 '차다'라는 선입감이 있고, 압운도 일치하기 때문에 사용한 것으로 보인다. 이렇게 굳어진 칠곡의 차가운 이미지는 오랫동안 후대에 전해졌다.

팔곡八曲

팔곡에 흐릿한 기운이 걷히려 하니,
고루암 아래로 물길이 얽혀 돌아드네.
이곳에 좋은 경치 없다고 말하지 말게!

본래 유람객이 올라오지 않아서라네.

八曲風煙勢欲開, 鼓樓巖下水縈洄.
莫言此地無佳景, 自是游人不上來.

팔곡에 들어서니 공중에 서린 흐릿한 기운이 사라지려 한다. 금방이라도 갤 기세인데 자세히 보니, 고루암과 그 아래 물길이 얽혀 돌아가는 것이 신비롭게 보인다. 일단 칠곡에 들면 해발이 높아지고 어렵게 달공탄을 통과해야 팔곡에 접어들기 때문에, 주자는 유람객이 많지 않은 것을 늘 안타깝게 여겼다. 더군다나 올라와 보지도 않은 자들이 팔곡에는 아름다운 경치가 없다고 얘기를 하니 기가 찰 노릇이다. 그래서 팔곡에는 아름다운 경치가 없다고 얘기하는 주변 사람들의 얘기를 강하게 부정하면서, 올라와 보지도 않고 하는 말이라고 목소리를 높인다. 팔곡의 신비로운 경치에 대해 자기의 견해를 단정적으로 피력하였다. 한정된 자수로 최대한의 효과를 노린 것이다.

구곡九曲

구곡에서 끝나려 하매 눈이 탁 트이어서,
비와 이슬 맞은 뽕나무 삼나무가 평천에 보인다.
어부가 다시 도원 가는 길을 찾으니,
여기 말고 인간 세상에 별천지가 또 있을까.

九曲將窮眼豁然, 桑麻雨露見平川.

漁郎更覓桃源路, 除是人間別有天.

최종 목적지인 구곡에 들어오니 시야가 확 트였다. 무릉도원에 온 느낌이다. 뽕나무와 삼나무가 보이니 사람 사는 곳이 분명하다. 계곡 양쪽으로 우뚝 솟은 두 개의 봉우리(북쪽의 영봉, 남쪽의 제운봉齊雲峰)와 평범한 다섯 개 바위(북쪽의 한암寒巖과 은원암隱元巖, 남쪽의 장암幛巖, 선암仙巖, 운암雲巖)만 있을 뿐, 기암괴석으로 형성된 다른 계곡과는 사뭇 다르다. 『무이산지·구곡도』에는 죽벌과 견라서원見羅書院 그리고 성촌교星村橋가 등장한다. 평화와 문명이 깃든 산속의 이상향이다. 그래서 주자는 이곳이 바로 "별천지"라 하였다. '평천平川'은 지명으로 구곡 끝 성촌 일대 조돈촌曹墩村이다. 개천이 평탄하게 흐르고 뽕나무와 삼나무가 들을 채우며 기름진 논밭과 아름다운 연못이 있어 무릉도원이라고 한다. 계곡 북쪽 영봉에는 주자의 친구이자 대학자인 여조겸이 강학하던 백운암白雲庵이 있으며, 그 옆에는 인간의 번뇌에서 해탈할 수 있다는 '극락국極樂國'이라는 바위굴이 있다.

추진정趨眞亭

위태롭던 정자는 쓰러진 지 오래라,
단지 무너진 터만 남아 있을 뿐.
어인 일로 왔다 갔다 하는 사람들은,

얼굴과 살쩍이 변하는 걸 알지 못하네.

危亭久已傾, 只有頹基在. 何事往來人, 不知容鬢改.

추진정은 무이산 계곡 초입의 북쪽 언덕에 있던 정자이다. 주자 시절에도 추진정은 실체 없이 빈터만 남아 있었다. 주자는 추진정 옛터를 보고 사람도 세월이 흐르면 죽어 없어진다는 당연한 사실을 연상했다. 그러나 사람들은 살다 보면 세월이 어떻게 흐르는지, 자신이 어떻게 변하는지 잘 모르고 지낸다. 인생을 살면서 한 번씩 자신을 돌아보는 것이 무엇보다도 절실하다는 것을 깨우쳐 주는 교훈적인 내용이다.

충우관沖佑觀

맑은 새벽에 삼청전을 두드리고는,
느린 걸음으로 텅 빈 행랑을 돈다.
마음을 재계하니 참 비결이 열리고,
향불 연기는 얼마나 흩날리는지.
문을 나서 선경을 그리워하며,
머리 드니 구름 덮인 봉우리가 푸르다.
들녘 물가에서 머뭇거리며 망설이다,
문득 속된 생각 잊었음을 알아차린다.

清晨叩高殿, 緩步繞虛廊. 齋心啓眞秘, 香靄何飄揚.
出門戀仙境, 仰首雲峰蒼. 躊躇野水際, 頓覺塵慮忘.

이 시는 크게 두 부분으로 나누어 설명할 수 있다. 전반부는 충우관 내부에서 일어나는 일상적인 일을 서술했고, 후반부는 충우관 밖에서 가끔 느끼는 감흥을 적었다. 주자는 새벽에 일어나 먼저 본당인 삼청전을 찾는다. 그러고는 느린 걸음으로 아무도 없는 행랑을 돌며 사색에 잠긴다. 이렇게 마음을 깨끗이 해 참 비결을 깨우치는데, 이곳에는 언제나 향불 연기가 바람에 흩날린다. 삼청전과 행랑, 향불 연기 등이 배경이 되었지만, '시언지詩言志'라는 측면에서 본다면, '재계'와 '진비'가 그 중심에 있다. 충우관을 나선 주자는 신선 세계를 흠모해 고개 들어 구름 감도는 푸른 산봉우리를 바라본다. 그러다가 문득 물가에서 주저하고 있는 자신을 발견하고는 잠시 명리를 탐하는 세속적인 생각에서 벗어났음을 인지한다.

충우관은 당대 천보 연간에 일곡의 물가에 건립되어 "천보전天寶殿"이라 했다. 여러 차례에 걸쳐 건물이 증축되고 대지가 확장되어 이름이 바뀌었다. 그 지방 사람들은 "무이궁"이라 불렀다. 송대 진종 함평 2년(999)에 '충우'라는 이름을 하사받은 후, 터를 넓히고 건물을 지어 방이 300여 칸에 달했다. 가운데 삼청전을 두었고, 동서로 행랑이 있었다.

방지方池

무이산 끝자락에는 신선이 많다고 하여,
나 역시 이곳에 머물며 행랑에 다가간다.

맑은 밤 푸른 구슬이 방지에 떨어지고,
대낮에는 동굴 입구에 이중 발을 드리운다.
숨겨진 샘에서 물 솟으면 자줏빛 물결 일고,
실비 내리면 마름 사이로 금붕어가 번득인다.
난간에 기대니 그림자 비쳐 바닥이 맑게 보이고,
지팡이 짚고 높은 바위에 올라 봐도 원천은 없다.
머리 감던 선녀는 떠난 뒤 돌아오지 않고,
한 길 여덟 자 연꽃 받침만 덩그러니 남았다.
밝은 달밤에 배를 타고 구곡을 떠다니며,
봉우리 사이를 드나드니 잔잔한 물소리만 들린다.
이곳에서 참된 은사를 찾고자 하면 될 것을,
어찌하여 상산의 사호를 추구해야 할까나?

武夷之境多神仙, 我亦駐此臨風軒.
方池淸夜墮碧玉, 重簾白日垂洞門.
暗泉涌地紫波動, 微雨在藻金魚翻.
倚檻照影淸見底, 拄杖卓石尋無源.
洗頭玉女去不返, 遺此丈八芙蓉盤.
溪船明月泛九曲, 出入紫翠聽潺湲.
便欲此地覓眞隱, 何必商山求綺園.

송대 때는 주로 퇴직 관리들이 무이정사의 충우관을 관리하며 급료를 받았다. 주자는 순희 2년(1175)부터 4년 이상 이곳에서 근무하며 자주 방지를 찾아와 완상했다. 무이산이 선계로 인식된 것은 오래전의 일이다. 그 역시 무이산에는 신선이 있다. 여겼고, 충우관의 방지도 선녀가 머리를 감는 장소로 생각했다. 낮에는 햇빛이 찬란하게 비치고, 밤에는 푸른 구슬 같은 별들이 무수히 떨어진다. 샘물이 솟으면 자줏빛 물결 일고, 실비 내리면 마름 사이로 금붕어가 번득인다. 난간에 기대어 완상하던 그는 자신의 그림자가 물 위에 비치자 바닥까지 훤히 들여다보이는 연못에 감탄하고, 원천이 어딘가 궁금해 지팡이를 짚고 바위에 올라 살펴보아도 찾을 수가 없다. 다시 연못으로 눈을 돌리니, 선녀는 없고 덩그러니 큰 연꽃 받침만 있을 뿐이다. 밤이 되자, 밝은 달 아래에서 배를 타고 구곡의 짙푸른 봉우리 사이를 다녀도 고요한 적막 속에 잔잔한 물소리만 들린다. 충우관에는 아름다운 방지가 있고 주위에는 깊은 구곡이 있으니 진정한 은사가 있을 곳은 무이산인데, 어찌 상산에 있는 사호를 찾을 필요가 있겠는가? 하고 반문한다. 이 시는 서사(제1, 2구)와 서경(제3～12구) 그리고 서정(제13, 14구)의 결구 형태를 지닌 전형적인 산수시이다. 마지막에 등장하는 '기원綺園'은 '기리계綺里季'와 '동원공東園公'를 가리킨다. 즉, 진나라 말기에 난리를 피해 상산商山에 살던 '사호四皓' 중의 두 사람이다, 이외에 '하황공夏黃公', '녹리선생甪里先生' 등이 있다. 이들은 모두 눈썹과 머리카락이 희다고 하여 '호皓'자를 붙였다.

청허당淸虛堂

제1수

음침한 구름 사라졌지만,
산 깊어 밤은 다시 춥도다.
홀로 청허당에 누워서,
온갖 생각에 잠 못 이룬다.

陰靄除已盡, 山深夜還冷. 獨臥淸虛堂, 不眠思耿耿.

주자는 청허당에 누워 잠을 청해 보지만 쉽게 잠들지 못한다. 깊은 산중이라 추운 탓도 있지만, 오로지 근심 걱정 때문이다. 그는 성리학으로 백성의 의식을 개혁하고, 정치적 실천을 통해 이상 국가를 건설하고자 했다. 하지만 현실은 녹록지 않아 겨우 퇴직 관리 자격으로 충우관을 관리하며 4년 이상을 보냈다. 그의 근심 걱정은 이와 관련이 있을 것으로 보인다.

제2수

한가로움이 닥치니 도심이 생기고,
망령을 버리니 참 경계가 그립도다.
머리 조아리고 신령을 우러르며,
속세의 인연과도 또한 담쌓으리라.

閑來生道心, 妄遣慕眞境. 稽首仰高靈, 塵緣亦當屛.

제1수와는 분위기가 사뭇 다르다. 제1수가 온갖 근심 걱정으로 인해 잠 못 이루는 밤을 읊었다면, 제2수는 한가로운 시간 속에 도심을 통한 체험과 참다운 경계에 대한 믿음으로 속세와의 단절을 표출하였다. 그의 궁극적인 목적은 탈속의 정신세계에 진입하는 것이다.

천주봉天柱峰

하늘로 우뚝 솟은 기둥 하나,
중추가 되어 동쪽을 관리하네.
단지 천지가 크다고만 말하지,
사극을 세운 공을 누가 알겠는가?

屹然天一柱, 雄鎭斡維東. 只說乾坤大, 誰知立極功

'천주봉'은 일곡에 있는 봉우리로 '대왕봉'의 다른 이름이다. 전반부는 봉우리의 고준함과 동부의 중추적인 산임을 알렸고, 후반부는 '사극四極'을 바로 세운 누군가의 공적을 말했다. 고대 신화에서는 사방 끝에 네 개의 기둥이 천지를 떠받든다고 했다. 따라서 '사극'은 '네 개의 하늘 기둥(天柱)'이므로, 시의 제목과 부합한다. 이것을 유가 사상과 관련지어 말하면, 천지가 개벽하기 전에는 '건곤'이고, 개벽한 후에는 '세계'다. 공자는 일찍이 '요순을 근본으로 하고 문무를 본받는다.(祖述堯舜, 憲章文武)'라는 정신에 따라 '인仁'을 천지의 극으로 삼았다.

그리하여 주자는 천지의 극인 '인'을 어떻게 견지할 것인가 하는 문제에 대해, '도'를 파악하고 '성명지정性命之正' 즉, 인간 본성의 올바름에 근거하는 '도심'을 견지하는 것이 '인'을 공고하게 하는 것이라고 보았다. '인'을 세운 자는 공자이며, 그것을 이어받아 발전시킨 자는 주자다.

승진관升眞觀

절벽 위 천 길 높이에,
바위 속 은신처가 어렴풋하다.
선학은 가서 돌아오지 않지만,
인간 세상은 저절로 흘러간다.

絶壁上千尋, 隱約巖棲處. 笙鶴去不還, 人間自今古.

승진관은 도관이다. 무이산은 중국의 16번째 동천으로, 정식 명칭은 "승진원화동천升眞元化洞天"이다. 어느 도사가 대왕봉의 중간쯤에 도원道院을 만들었다. 『무이산지』에는 「승진관」으로 되어 있지만, 다른 판본에는 「동천」이라는 제목으로 되어 있다. 절벽 위 천 길 높은 곳에 있는 희미한 은신처 즉, 승진관을 보면서, 숭고산으로 들어가 신선이 된 왕자교가 선학을 타고 구씨산 정상에 잠시 내려왔다 떠나는 모습을 상상했다. 선학을 타고 떠난 왕자교는 돌아오지 않았지만, 인간 세상은 여전히 세월은 흐르고 시대는 바뀐다.

선학암仙鶴巖

누가 청전학의 형상을 그렸는가?
기러기나 오리 떼는 비할 바가 못 된다.
달밤의 바람 소린가 한참 생각했는데
하늘에서 들리는 맑은 울음소리로구나.

誰寫靑田質, 高超雁鶩群. 長疑風月夜, 淸唳九霄聞.

선학암은 대왕봉 서쪽 절벽에 있으며, 넓은 날개와 긴 목을 가진 학의 형상을 하고 있다. '청전학'은 신선이 키우는 학이다. 우아한 모습이 기러기나 오리 떼는 견줄 바가 못 된다. 선학암의 형상을 보고 생명을 부여했다. 그래서 달밤의 바람 소리가 하늘에서 들려오는 선학의 울음소리로 바뀌었다.

대소장봉大小藏峰

저장실이 높게 서로 마주 보는데,
옛날 서적 기록은 어찌나 황당한지.
백양 노인께 물어보고자 하나,
안개구름으로 처소를 못 찾겠네.

藏室岌相望, 塵編何莽鹵. 欲問伯陽翁, 風烟迷處所.

'장실'이란 '저장실'을 줄인 말로. '홍교판'과 '가학선'을 걸고 있는 동굴을 말한다. 대장봉과 소장봉 모두 '장실'이 있다. '홍교판'과 '가학선'의 유래에 대해 옛날 서적에는 황당하게 기록되어 잘 알 수가 없다. 그래서 백양 노인을 찾아 직접 물어보고자 하나, 온 산에 안개구름이 자욱해 처소를 찾지 못한다. '백양'은 노자의 자이며, '백양옹'은 무이산에 거주하는 도사를 가리킨다. 자연 경물인 '대장봉'과 '소장봉'을 제목으로 하였으나, '홍교판'과 '가학선'이라는 인문경관을 내용으로 한다는 점에서 특색 있는 작품이라 할 수 있다.

무이정사잡영武夷精舍雜詠 12수

정사精舍

거문고와 책을 벗한 지 사십 년,
몇 번이나 산속 나그네 되었던가?
어느 날 오두막을 완성해,
뜻밖에 산수풍경에 흠뻑 젖었다.

琴書四十年, 幾作山中客. 一日茅棟成, 居然我泉石.

이 시는 1183년 음력 10월에 지은 작품이다. 거문고와 책을 벗한 지 40년이라 했으니, 공부를 시작한 것은 1143년이라 추정할 수 있다. 이 해에 주자는 아버지를 여의고 유언에 따라 숭안현 오부리로 가서 세 분(호헌, 유면지, 유자휘)으로부터 가르침을 받기 시작했다. 거문고와 책은 문인과 선비들이 청고한 생활을 할 때 벗하는 필수 도구다. 주자는 40년 동안 벼슬을 한 기간이 9년이 채 못 되고, 무이산과 그 부근의 숭안, 건양 등지에 살면서 자주 산에 올랐다. 언제나 산속의 나그네였다. 하지만 1183년 4월 16일 '인지당'을 완성하고 거처를 옮긴 후에는 더 이상 나그네가 아니었다. 여기서 '모동茅棟'은 '인지당'을 가리킨다. 산속 나그네 신분을 벗어났다고 생각한 시인은 자연에 더욱더 매료되었다. 주자는 1153년부터 1157년까지 약 4년 반 동안 동안현 주부를 한 후, 1178년이 되어서야 다시 벼슬길에 나서서 몇 년간 공직을 수행하다가 결국 무이산으로 들어오는데, 오매불망 그리던 산수를 생각보다 빨리 접하게 되어 '뜻밖에(居然)'라고 생각한 듯하다.

인지당仁智堂

어질고 지혜로운 마음에는 부끄럽지만,
뜻하지 않게 절로 산수를 사랑하게 되었네.
푸른 낭떠러지는 예나 지금이나 다름없고,
푸른 시냇물은 하루에 천 리를 흐르네.

我慚仁智心, 偶自愛山水. 蒼崖無古今, 碧澗日千里.

당호堂號를 지을 때 가장 많이 인용하는 것이 '경전經典'이다. 이 당호 역시 『논어 · 옹야』의 '지혜로운 자는 물을 좋아하고, 어진 자는 산을 좋아한다. 지혜로운 자는 동적이고, 어진 자는 정적이다. 지혜로운 자는 즐기고, 어진 자는 오래 산다(知者樂

水, 仁者樂山. 知者動, 仁者靜. 知者樂, 仁者壽)'에서 나왔다. 공자가 말한 지혜로운 자와 어진 자의 마음을 되새겨 보니, 자신이 참으로 부끄럽다. 하지만 지혜로운 자나 어진 자와 마찬가지로 자신 또한 산수에 대한 사랑이 있어 그나마 다행이라고 여겼다. '뜻하지 않게(偶)'와 '절로(自)'를 연속으로 쓴 것은, 자신의 산수 사랑이 결코 어떤 계기나 목적이 있어 생긴 것이 아니라는 점을 강조하기 위함이다. 인지당 뒤로는 은병봉이 있고 앞에는 시냇물이 흐르는데, 푸른 낭떠러지는 예나 지금이나 다름없고 푸른 시냇물 또한 변함없이 흐른다. 이 시는 산수의 무궁함으로 끝났지만, 자연을 경외하는 시인의 마음이 긴 여운을 남긴다.

은구실隱求室

새벽 창에는 숲 그림자 비치고,
야밤 머리맡에는 샘물 소리 들린다.
숨어들어 가 또 무엇을 구하리?
말 없는 가운데 도심만 커질 뿐이다.

晨窓林影開, 夜枕山泉響. 隱去復何求, 無言道心長.

인지당 왼쪽으로 건물을 한 채 지어 "은구실"이라 명명했다. '은구隱求'란 '숨어서 구하다'라는 의미다. 그가 숨어서 지내는 환경은 어떤가? 새벽이면 숲 그림자가 창에 어른거리고, 밤 되면 샘물 소리가 머리맡에서 들린다. 시인은 스스로 무엇을 구할 것인가 물었다. 그리고 구체적인 대답 대신 도심만 커질 뿐이라고 우회해서 답했다. '도심'이 바로 그가 숨어서 추구하는 바다. 주자는 하나의 '심'에는 '인심'과 '도심'이 존재하며, 도리를 지각하는 것은 '도심', 소리・색깔・냄새・맛 등을 지각하는 것은 '인심'이라고 말한다. 즉, 도심은 도의적 측면의 지각으로, 육체의 사사로운 것에서 생기는 것이 아니라, '의리義理'의 공정한 것에서 발현하는 것을 일컫는다.

지숙료止宿寮

친구들이 자주 찾아와,
함께 오두막에서 붙여 사네.
산수가 그들을 붙잡아 두어,
힘들이지 않고 닭과 기장밥을 차렸네.

故人肯相尋, 共寄一茅宇. 山水爲留行, 無勞具鷄黍.

인지당 오른쪽으로 건물을 한 채 지어 "지숙료"라 이름 붙였다. 주자는 벗을 불러들여 이곳에 머물게 했다. 「무이정사도」를 보면 건물이 모두 기와와 굵은 기둥으로 되어 있어 화려한 느낌이 드나, 주자의 눈에는 언제나 '오두막'이라 여겼다. 찾아오는 친구들은 주변 산수에 흠뻑 빠져 날이 가는 줄 모르고 함께 사는데, 주자는 힘들다 여기지 않고 오히려 그들을 위해 닭을 잡고 기장으로 밥을 지어 푸짐한 상을 차렸다. '힘들이지 않고(無勞)'가 시인의 마음을 드러내는 핵심 단어다.

석문오石門塢

아침이면 자욱한 구름 기운 걷히고,
저녁이면 넝쿨과 이끼가 짙게 가린다.
새벽 문지기가 저절로 웃게 만드니,
어찌 공자님의 마음을 알겠는가?

朝開雲氣擁, 暮掩薜蘿深. 自笑晨門者, 那知孔氏心.

'석문오'는 무이정사 왼쪽 기슭 너머에 둑을 쌓고 거기에 돌을 포개어 만들었다. 시내 쪽으로 향하여 저녁이면 뿌연 구름과 안개가 기승을 부리다가 다음 날 아침이면 걷힌다. 저녁이면 푸른 담쟁이덩굴과 이끼가 석문을 짙게 가린 채 구름과 안개가 다시 피어오른다. '석문오'를 보다가 공자를 비난했던 새벽 문지기가 생각나 미소를 지었다. 공자의 원대한 마음을 하찮은 소인배가 알 리 없을 테니 말이다.

『논어 · 헌문』에 '자로가 석문에서 묵었다. 새벽 문지기가 "어디서 오셨습니까?"라고 묻자, 자로가 "공씨에게서 왔습니다."라고 대답했다. 문지기는 "되지 않는 걸 알면서도 굳이 하는 사람 말이죠?"라고 말했다(子路宿於石門. 晨門曰: "奚自?" 子路曰: "自孔氏." 曰: "是知其不可而爲之者與?")'라는 내용이 있다.

관선재觀善齋

어디서 책 상자를 지고 왔는지,

오늘 아침 여기서 자리를 같이하네.
매일 공력을 남김없이 쓰면서,
서로 쳐다보며 함께 노력한다네.

負笈何方來, 今朝此同席. 日用無餘功, 相看俱努力.

『예기·학기』의 '서로 살펴서 훌륭해지다(相觀而善)'에서 뜻을 취해 "관선재(觀善齋)"라 명명했다. 이 시의 서문에 따르면, 따로 배우는 자들이 집을 지어 함께 거처하기를 기다렸다고 하니, '관선재'는 배우는 자들이 무리 지어 서로 살펴서 훌륭해지기 위해 마련한 거처이다. 배우는 자들이 아침에 책 상자를 지고 이곳에 와서 자리를 함께하면서, 온 힘을 다해 하루하루 열심히 공부하는 모습을 그렸다. '관선재'를 통해 배우는 자들의 일상과 공부하는 자세를 피력한 작품이다.

한서관寒棲館

대나무 사이로 저쪽 어떤 사람이,
독을 안은 채 온 힘을 소진하네.
긴 밤에는 더욱이 잠 못 이루어,
향 피우고 앉아서 면벽수행 하네.

竹間彼何人, 抱甕靡遺力. 遙夜更不眠, 焚香坐看壁.

이 시의 서문에 따르면, 석문의 서남쪽에 도사들이 거처할 수 있는 집을 지어, 도가 서적인 『진고眞誥』에 있는 말을 취해 "한서관寒棲館"이란 이름을 붙였다고 한다. 자공이 한수의 남쪽 지역을 지나는데, 어느 한 노인이 우물을 파서 들어가서는 항아리로 물을 길어 밭에다 뿌리고 있었다. 그래서 '두레박'이라는 기구를 만들어 우물물을 푸면 쉬울 것인데, 힘들게 독을 들고 나르느냐고 하니, 노인은 "기구를 쓰는 자는 그것으로 인한 일이 생기고, 그런 일이 생기면 기구에 얽매이는 마음이 생기지요, 그런 마음이 생기면 순진 결백한 것이 없어지고, 그것이 없어지면 정신이나 본성의 작용이 불안정하게 되지요. 정신과 본성이 불안정하면 도가 깃들지 않는 법이라오."라고 했다. 『장자・천지』에 나오는 고사이다. 앞 두 구는 이것을 용전하여 자연의 도를 실천하는 자를 묘사하였다. 그래서 시인도 잠 못 이루는 밤이면 향을 피우고 벽을 보면서 참선하는 자기 모습을 뒤 두 구에 그렸다. '한서관'에서 머무는 도사들의 정신 자세와 수행 태도를 그린 작품이다.

만대정晩對亭

지팡이 짚고 남산 꼭대기에 오르니,
만대정이 뒤로 물러서 있다.
푸르고 가파르게 겨울 하늘로 우뚝 솟았고,
떨어지는 해는 짙푸른 초목을 밝힌다.

倚筇南山巓, 却立有晚對. 蒼峭矗寒空, 落日明幽翠.

주자는 관선재 맞은편 산꼭대기에 정자를 짓고는, 두보의 시 「백제성루白帝城樓」의 '푸른 병풍은 저녁녘에 마주 대할 만하고, 흰 바위 골짜기는 여럿 만나 그윽이 노닐 만하네(翠屛宜晩對, 白谷會深遊)'에서 시어를 취해 "만대정晩對亭"이라 했다. 이곳에서는 대은병을 한눈에 볼 수 있다. 자신이 직접 짓고서도 만대정의 존재를 처음 발견한 것처럼 표현한 것은, 독자에게 예상치 못한 반전과 만대정의 존재를 극대화하기 위함이다. 봉우리에는 만대정, 하늘에는 떨어지는 해, 주위에는 짙푸른 초목이 서로 어우러져 한 폭의 그림을 연상케 한다. 우리나라에도 안동에 있는 병산서원에 가면 만대루가 있다.

철적정鐵笛亭

누군가 날라리를 요란하게 울려서,
양쪽 낭떠러지 사이로 뿜어내었다.
천년 동안 그 소리가 남아서,
선학이 머뭇거리며 내려온다.

何人轟鐵笛, 噴薄兩崖開. 千載留餘響, 猶疑笙鶴來.

주자는 만대정 동쪽으로 산등성이를 나와 시냇물을 굽어보는 옛터에 정자를 짓고는, 호공胡公의 말을 취해 "철적정"이라 했다. 주자는 「철적정시서鐵笛亭詩序」에 이르기를 "시랑 호명중胡明仲이 일찍이 무이산 은사인 유겸도劉兼道와 노닐었는데, 유겸도는 날라리를 잘 불어 구름을 뚫고 바위를 쪼갤 만한 소리를 내었다.'라고 했다. 그 소리는 천상에 울려 퍼져 선인들도 들을 수 있을 정도가 되었다. 천년이 지난 당시까지 그 소리가 남아 있는 듯하여 선인이 학을 타고 내려오는 게 아닌가라고 상상하였다.

낚시터(釣磯)

푸른 돌을 깎아 네모나게 만들고,
찬 못에 푸른 그림자 거꾸로 서 있네.
온종일 조용히 낚싯대 드리우니,
이 마음 도대체 누가 알아줄까?

削成蒼石棱, 倒影寒潭碧. 永日靜垂竿, 玆心竟誰識.

'낚시터(釣磯)'는 모두 대은병의 서쪽에 있으며, 네모난 바위는 시내 북쪽 기슭에 있다. '조기釣磯'는 낚시를 할 때 앉는 바위다. 바위는 이끼가 끼어 푸르고 물살에 깎여 모가 났다. 한기가 가시지 않은 못에는 그림자가 거꾸로 비친다. 아침부터 저녁까지 긴 시간 동안 낚싯대 드리우고 있으나, 도대체 누가 와서 이 마음을 헤아려 줄까? 주자도 시간이 나면 이렇게 낚시를 했다. 강태공이 낚시로 세월을 낚았듯이, 그도 이런저런 생각에 시간 가는 줄 몰랐다. 하지만 이런 마음을 알아주는 이가 없음을 매우 안타깝게 생각했다. 내용이나 결구 형태를 보면 지극히 평범하고 소박한 시지만, '이 마음(玆心)'에 초점을 맞추어 본다면, 시인이 주자라는 인물이기에 무게감을 더한다.

차 끓이는 부엌(茶竈)

선옹이 돌 부뚜막을 남겼는데,
덩그러니 물 가운데 떠 있다.
차 마신 뒤 방주 타고 떠나는데,
차 끓인 연기 속에 미세한 향기 피어난다.

仙翁遺石竈, 宛在水中央. 飮罷方舟去, 茶煙裊細香.

'차 끓이는 부엌(茶竈)'은 대은병 서쪽에 있으며, 시내 한복판에 큰 바위가 우뚝 솟아 여덟아홉 명이 빙 둘러앉을 수 있다. 사면이 모두 깊은 물인데, 가운데가 움푹 꺼져서 자연스럽게 부엌처럼 불을 때 차를 끓일 수 있다. 무이산은 신선이 사는 곳이라 여겨, 선옹이 '다조茶竈'를 남겨 주셨다고 여겼다. 물 가운데로 가기 위해선 방주로 이동해야 한다. 친구 동료들과 함께 차를 마시고 떠나는데, 꺼지지 않은 연기 속에는 미세한 차 향기가 여전히 남아 있다. '다조'의 기이한 모양과 신기한 위치 그리고 차 끓인 연기 속 미세한 향기를 통해 무이정사의 유유자적한 일상을 보여 주는 시이다.

고깃배(漁艇)

나갈 땐 짙은 안개 무겁게 실었다가,
돌아올 땐 조각달만 가볍게 싣고 온다.
수많은 바위 위 원숭이와 학이 친구라,
근심 사라지니 뱃노래 소리만 들린다.

出載長煙重, 歸裝片月輕. 千巖猿鶴友, 愁絶棹歌聲.

고깃배가 아침에 나갈 때는 온 천지에 안개가 자욱했으나, 저녁에 돌아올 때는 맑은 하늘에 조각달만 또렷하게 보인다. 압운과 의경을 동시에 고려한 '중重'과 '경輕'의 시어 사용이 예사롭지 않다. 강을 따라 오르내리면 언덕 바위의 원숭이와 학이 벗이 된다. 원숭이가 인간과 가깝다면, 학은 신선과 가깝다. 고로 인간과 신선이 공존하는 무이산이다. 이곳에 머물다 보면 근심은 사라지고 한적한 뱃노래 소리만 들린다. 시인은 안개와 달, 원숭이와 학, 뱃노래 등을 통해 무이산의 정취를 마음껏 발산했다.

무이정사를 둘러보다(行視武夷精舍)

선산에서 아홉 굽이 시내를,
거슬러 오르다 보면 중간쯤에,
물은 깊고 파도는 넓게 퍼져,
봄의 짙푸른 물길 세차게 흐른다.
위에 보이는 푸른 바위 병풍은,
백 길 높이로 솟구쳐 장관이고,
절벽에 드러난 가파른 바위는,
우뚝 솟아 은하수에 닿을 듯하다.
얕은 산기슭은 굽이돌며 내려가고,
깊은 숲속엔 오래된 관목이 무성하다.

어찌하여 천년을 빗장 걸고 있다가,
지금에 이르러 하루아침에 열렸는가?
나는 신촌에서 거룻배를 타고,
푸른 풀 언덕에서 노를 멈췄다.
덤불 자르고 호미질하길 좋아해서,
형세를 살피고 철저하게 조사했다.
편안한 마음으로 담장을 돌아보니,
묘한 곳이 어찌 크고 아름답겠는가?
좌우로 기묘한 봉우리가 우뚝 솟아,
주저하다 경치 좋은 곳으로 놀러 가니,
봄이 거의 끝나가는 시기인데도,
붉고 푸른 것이 뒤섞여 빛난다.
좋은 새들이 때때로 울어대는데,
은사는 멀리서 나를 부른다.
잠시 노닐었더니 마음은 상쾌한데,
홀로 다녀도 몸은 여전히 얽매여서,
정중히 근엄한 인품 따위는 버리고,
다시 와 그윽함을 짝하며 만족하리라.

神山九折溪, 沿溯此中半. 水深波浪闊, 浮綠春渙渙.
上有蒼石屛, 百仞聳雄觀. 嶄巖露垠堮, 突兀倚霄漢.
淺麓下縈回, 深林久叢灌. 胡然閟千載, 逮此開一旦.
我乘新村舠, 輟棹青草岸. 榛莽喜誅鋤, 面勢窮考按.
居然一環堵, 妙處豈輪奐. 左右矗奇峰, 躊躇極佳玩.
是時芳節闌, 紅綠紛有爛. 好鳥時一鳴, 王孫遠相喚.
暫遊意已愜, 獨往身猶絆. 珍重捨瑟人, 重來足幽伴.

이 시는 무이정사를 돌아보며 지은 무이산 찬가이다. 크게 세 부분으로 나뉜다. 처음 10구는 무이정사의 위치와 주변 경관을 묘사하였다. 그러다가 '어찌하여 천 년 동안 빗장 걸고 있다가, 지금에 이르러 하루아침에 열렸는가(胡然閟千載, 逮此開一旦)'라는 시구를 통해 화제를 돌려 무이정사가 어떻게 건립되었는지 그 사연을 적었다. 새로 생긴 마을에서 거룻배를 타고 가다 푸른 풀이 가득한 강 언덕에 배를 대고는, 덤불 자르고 호미질하길 좋아하는 성격이라, 산세를 보고 지세를 따져가며 철저하게 조사했다. 이렇게 무이정사는 탄생했다. 그리고 다시 무이산 찬가로 돌아서 늦봄의 정취를 묘사하며, 그 속에서 거주하는 은사를 등장시켜 자신의 소망을 피력하였다. 서경과 서사, 서정이 모두 등장하는 전형적인 산수시이며, 표현이 다채롭거나 화려하지는 않지만, 무이정사 주변의 아름다움을 그대로 느낄 수 있는 수작이다. 특히 은병봉과 시내 그리고 봄의 묘사를 적절하게 안배해 시의 균형을 유지한 것이 이 시의 가장 큰 특색이라고 할 수 있다. 또한, 무이정사의 건립 과정을 되새기며 자신의 감회를 언급한 것 또한 간과할 수 없는 부분이다.

영봉靈峰

배 저어 푸른 시내 끼고 가다,
영봉 기슭에서 멈추고 쉬는데,
여름 나무는 어지럽게 자라고,

샘물 쏟아져 거센 파도가 인다.
궁궐은 넓고 아득하게 펼쳐있고,
높은 성곽은 우뚝 솟아 험하다.
깃털 옷 입은 신선들을 돌아보니,
굽어보고 쳐다보며 날마다 춤을 춘다.
신선이 되는 법을 배우지 못해,
무덤만 수없이 쌓이는구나.

弄舟緣碧澗, 棲集靈峰阿. 夏木紛已成, 流泉注驚波.
雲闕啓蒼茫, 高城郁嵯峨, 眷焉羽衣子, 俯仰日婆娑
不學飛仙術, 累累丘冢多.

영봉은 구곡 북쪽에 있으며, "백운암白雲巖"이라고도 부른다. 흰 구름이 봉우리의 허리 부분에 모였다 흩어졌다 해서 붙인 이름이다. 옛날에 '백운선사白雲禪寺'가 있었고, 여조겸은 이곳에 오두막집을 지어 공부한 적이 있다. 주자는 무이산에 왔다가 구곡 기슭에 배를 대고 경치를 감상했다. 때는 여름이라 나무가 무성하게 자랐고, 비가 자주 와 샘물이 불어 쏟아지니 큰 파도가 인다. 그리고 하늘로 눈을 돌리는데, 영봉 허리 자락에 모여 있는 구름을 보고 그 속에 있을 법한 신선들의 궁궐을 상상하며, 우뚝 솟은 봉우리는 궁궐의 성곽이라 여겼다. 그리고 상상력을 한층 더 발휘해, 그 속에서 날마다 춤을 추며 즐기는 신선들을 머릿속으로 그리며 무한히 흠모했다. 인간들은 결국 죽어야 할 목숨, 그래서 신선이 되는 법을 배우지 못한 것이 내내 아쉽다. 이 시는 제목이 「무이산을 지나며 짓다(過武夷作)」라고 된 판본도 있다.

산을 나와 도중에 즉석에서 시를 짓다(出山道中口占)

개울의 발원지에 붉고 푸른빛이 일시에 새롭고,
저녁엔 비 오고 아침이면 그치니 더욱 마음에 든다.
책에 정신을 쏟는데도 하루에 끝나지 않을 때,
내던지고 봄 찾아 나서는 편이 오히려 더 낫다.

川源紅綠一時新, 暮雨朝晴更可人.
書冊埋頭無了日, 不如抛却去尋春.

주자는 무이정사에서 책에 몰두하다 그곳을 나섰다. 도중에 새롭게 피어난 화초들이 붉고 푸른빛을 띠고 있는 봄날의 경치를 만났다. 더욱이 저녁이면 비가 오다가도 아침이면 그치니 주위가 더욱 맑다. 이런 자연계가 마음에 쏙 들었다. 주자는 무이정사에서도 연구와 저술 활동을 계속했는데, 이런 자연미와 산수 접촉이 그의 활력소가 되었다. 무이산의 맑고 화려한 봄 풍경과 자연 감상을 통한 효율적인 저술 활동을 서술한 것이라 할 수 있다. 그야말로 주자의 무이산 힐링이다.

편저자에 대해

심우영(沈禹英)은 성균관대학교 중어중문학과를 졸업하고, 타이완 국립정치대학(國立政治大學) 중문과에 교환학생으로 입학해 석사 학위와 박사 학위를 취득했다. 현재 상명대학교 중국어문학과 교수로 재직 중이다.

한국중문학회 회장, 한국중어중문학회 부회장 등을 역임했으며, 캐나다 UBC에서 방문학자로 1년간 체류했다. 또한 교내에서는 부총장을 비롯한 주요 보직을 두루 거쳤고, 특히 한중문화정보연구소 소장을 맡아 여러 프로젝트를 수주해 중국 지역학 연구에 매진했다.

저역서로는 『중국 시가 여행』, 『중국 시가 감상』, 『태산, 시의 숲을 거닐다』, 『형산, 시의 산을 오르다』, 『아미산, 시의 여행을 떠나다』, 『주자 시선』, 『혜강 시집』, 『진사왕 조식 시선』 등 다수가 있으며, 논문으로는 「소주 원림의 경명(景名) 연구」, 「위진 원림시와 생활미학」, 「회재불우한 조식의 처세태도」 등 수십 편이 있다.

현재 중국의 은일문학, 죽림칠현, 위진남북조 시가 연구에 집중하고 있으며, 중국의 명산과 관련된 시를 우리나라에 소개하는 데 큰 노력을 기울이고 있다.

중국 명산 명시 감상
中國 名山 名詩 鑑賞

초판인쇄 2021년 12월 31일
초판발행 2021년 12월 31일

지은이 심우영
펴낸이 채종준
펴낸곳 한국학술정보㈜
주 소 경기도 파주시 회동길 230(문발동)
전 화 031) 908-3181(대표)
팩 스 031) 908-3189
홈페이지 http://ebook.kstudy.com
E-mail 출판사업부 publish@kstudy.com
출판신고 2003년 9월 25일 제406-2003-000012호

ISBN 979-11-6801-285-1 93820